U0330063

The Republic of Slovenia
Literature Series
斯洛文尼亚
文学丛书

The Interpreter
of Dreams
Andrej Medved

梦 的 译者

梅德维德诗选

[斯洛文尼亚] 安德烈·梅德维德 著

梁俪真 译

华东师范大学出版社

华东师范大学出版社六点分社 策划

本书的翻译出版得到Slovenian Book Agency的支持

目　录

许佩里翁（2002）

当你在春华葳蕤的矮树丛

转绿之时到来，你的灵魂，

你隐形的躯体，向我靠近，孤寂中，

我默默攀升，朝向簇生的

星群，从那里我吸入你所

呼出的。所以，黑暗会以一柄剑的

速度，封掩我的嘴，

手，脸；一种无底的恐惧，

有一切形状的衰容；坠入高天的灵魂

不容称呼。血中静卧着惊警，

俯仰之间，欢悦从眼眸腾跃而过。

---

① 注：此诗无标题，下同。

橄榄林悸动着，这太阳球面烁灼的

果园；天空的谱系传自杳远

和咫尺，在火山与

根须织毯里；一株爱神木，

远播你的手，你的皮肤雕纹

散发的甘甜清音；

于大理石法衣上，

和一位牧人的哨音里，如黑玉内雨坠的

星丛中；在唇间，

亲吻深处。黛青的感光乳剂，

飞溅入信念；泼入

情欲，洇透一具身体最初的物质。

因此，传来你，与某种色彩

的馥郁元素的谐振，它将众天

和那些不可能在时间里湮灭的，熔进征兆的语言。

一只钟摆的弦振里，

语言的神秘音调，传自牧群

聚合地；系上水浪的弦，

调入力平衡，伸入湖面，

岩石，微血管，它们正用圣地

梦想的聚沉填补

千禧年的边界。音讯的弦缚上船身，

火山，民居屋顶，

缠织蜜做的藤蔓，

与丝丝闪光的谷物。

于是我，孤零零，在你双唇的

颤抖里挪步，从白日到黑夜，

披覆灵歌炼金术的

层层鳞片；于是我，被织入你，

和叶绿素芽孢，用遁藏的

禁地之光，苏醒

性命和写作。

于是你从情欲的余烬踏入

梦的神寺，于是你从

皱纹的窭窄里返回

身体的星座；于是与满月之晕一道，

如流瀑，你注入尘埃中绝迹的

蝴蝶的震颤；于是

你双手以一个柔和姿势

止息记忆的箭镞，如青苔，

它们浸润天上的大陆；

于是你在清晨足音的织动里

藏起醒觉的面具。

繁星明灭，天空如黑暗

深渊轻盈的蒸汽，流贯

翅翼的振抖，和远古时代的

烫金工艺。群鸟跌入虚空，

用舌尖隐匿它们的脸。

如同你等候新月的日子里

呼息的露珠，我追随你，从

　月痕晕染的花冠，从眉尖，从

大气穿顶滴落的那些名字；

这就是你守卫住雪暴入口的

　方式。在幼鹿的绒毛之下，

你重复那震击月的

光照的神秘手势；而你不情愿的双手

已斟满礼物。

仅需舌尖一触，河谷绽涌

致命的痉挛，一缕暴露出彗星

之轨的思绪。仿佛我曾无声地

凝视高地，它绵亘，

比潮汐更邈远；沉入

那忠贞的诱惑所占有的地平线，不见

一颗草莓，并无一丝春的滋味。

梦的气流中，紧缩的咽喉噙着恐惧；

如记忆轻叩，如

雌鹿啜泣着嘶哑，你向高处迁移，抵达

睡眠；舌被缚，鸟群狂热。一道凝视

植入被掳去绒毛的赤裸黑暗，那太阳光束；

此时我在熙攘人众和

兽群的喧嚣中，等候

携来音尘的诅咒；你双手

绞缠着不被认可的缱绻。

自乐境流亡，离散在虚罔中的后裔们

邂逅彼此；在拂晓，熻火中。

如纤尘轻坠手掌，落入

余烬，和关于狂野游戏的记忆，

你在一粒罂粟种子绽蕊的时刻

醒来；你有自己的节奏，

推开所有目光。重力中，

大洋边缘，你将

空心的凝视

投给银月的眼珠，将宇宙的恒流

口述给世界。就这样你抖落默黯之气，

措辞和形迹，低吟也是

多余。我一直醒着，也许这样我能阐明

冰山，能穿过没有回音的走廊

听读诗歌；

在对晨曦的等待中，诗的光痕，将

你身体的天籁，传入耳膜。

从星群的聚合里，我听见毛细血管，

感觉到墙身中的水平线，我将自己

交付给语言，谢绝缛礼，

我栖身羊群的叹息，浩饮某种奇迹

的甘醴。从喜庆的窠巢，一名信使

醒转，围绕

并无鸟影的龛穴他低低吟出

的名字纷纷坠落；鹌鹑鼓翼扑打空气，

一座房屋如孤蒙与水源隔离。他属于

梦想和时间的符咒，被渡河的群鹿

俘虏，所以他会

追溯到一个部落，原生形状的孤苦，

和被夷平的风景里不安的

兆象；所以，骚动中，

空气颤栗时，他会嗅到血，

再一次在镜中与你遇合。

一只美洲虎主动脉里

极端的压力，傲慢的玄学，静脉

振抖，舌尖

粉碎熔渣；它正随声应答

大钟的鸣音。你思维里禁猎的

律令拦截我

穿越边境的脚步，阻止我切断

脐带，击溃

那走私品垄断的记忆，不让我

从你的凝视里撕去烛花和

火焰织就的网；

于是从翳障，从内部的海岸，从

无门户的房屋，受膏的词语

滑坠，填满

河流，港湾，和被浸润的

季节的王国，闭壅水泉

银亮的喷涌，水

分流，溶入如露如电嬗变的

视力与失明。

于是你斜斜倚入我，从

火山，眼窝，和颅骨，用

魔法，仪式，你舔吸出

动物巢穴，你的颈脖

在巨大的恍惚中变得柔软。

昆虫拥聚，旋

舞，黑暗中炸开，

崩射到边缘；于是

谜团开始从罅隙

慢慢滴流，于是静默涣散，

天国的光纤绽出的

甜蜜泡沫渗入我们先祖的

词语，就在你赤裸无遮的额上。

雪暴降临，丝柏上
苔衣缀着的名字，有幽魂的
风味，零雨溟濛，
混战中，你急速地运动，抖落
呼息散发的煴光；颜色的
场域，与风中凝睇交缠，
将思绪驱赶进柔软的
熔岩，你用它填满所有
空白；焚尽的星星水池卧在
皮肤的光斑里。于是你褪去衣衫，
濯洗所有印象，所有翳蔽
你那鹰眼垂目般视力的不安。
透过你衫衣的隙缝，我触到
你的乳房；哦甜润，甘美的梦！

牧歌（2007）

一代一代从画框内滑坠了，

犹如新生；分袂前夕，

他们身裹洞穿窗页的日光光柱的织毯；草草纺成的

褪色披肩，眉

端的汗粒，赛璐珞色影调斑驳的

风信子蓝；脖颈里涌动带电的焦灼，

他们缩陷入一张纤薄的嘴，一柄蜻蜓的窥镜，一孔裂隙，和

　　繁弦急响，

伸展在初冬之日萌蘗的枝杈里。

罗马哀歌 (2004)

向上，直至分蘖的

门厅游廊，直入稀薄的大气，那里

不再有阴影，不再有皮肤里

脆弱的晶体，不再有尚未命名

便被拆散的触摸；不向

最后的晚间安息道别。

与孤寂踽行着的活细胞一道，俱已入葬的，是

被拒斥的恐惧，被抵制的郁悒，

萎缩稠叠的骨架的遗韵，

世界的天坑，以及，种种地表之下的景况，

那语言的弦外之音。并不是大地，

不是在石块的间隙里撰写的

墓志铭，并没有最后一眠之前的

巡更守夜，更无销声敛迹的记忆堂皇重量

施压之下的惊栗；

只有一张脸，在窗玻璃后，在出口。

非洲（2006）

山丘上，与橄榄树一同扎根的，已萧疏如

失落的童稚；一个又一个清晨，

那预料中将到来的，以谐振的黛青

拱弧，收缩天空与地平线的永生之间铭刻的

一条边际线，被刻蚀进

绽裂的明晰织就的空网。我们解缆

前往陆地，前往乔木大道，背靠

太阳系的幻象；习惯了为空投修造的

树篱，我们用眼呼吸，吹袭天体轨道，

火花的滑轮，迅捷的鸟群。

地平线上骤降暴风雨，热浪

进犯，前额，唇，脸颊；

天与地交织成悬停的旋风；

太阳机器，蜂蜜茶

香炉，赭石尘衣，升腾，

自明灭的游雾，汹涌自被草草勾勒的兽类，它们

正从锯齿状的天际逃匿。

避入沙漠，避入侵犯

光之边陲的色彩，避入无法拼读地名的

孑立尘境，在那里，空气中

瘦长如绿枝的声音之鞘嗡嗡鸣动；

避入被曝光的，被废弃的，银白色

原始形状，避入黏性汁液，避入氧化燃烧，避入童年。

这时你用呼吸测量阴影的全部宽度——来自云，

逼近的泱泱背影爆发的雪崩之下，沛然如注的阴影。

一种不寻常的寂静，皮肤上的

一个封印，在掩蔽处，皱纹里，

披肩轮番脱水；在空气中，柔软内脏

结节的中心部位，从远方门厅传递的

已分解的脉息里。

炽热难当，僵定的影子尘土中

熔化，灌满咽喉，胶着嘴唇；这样，无声地，如同

旧事，日子在钟摆接力时到来。

扩张的瞳仁，逐渐变得浓郁，稠化成
音波团块，困绕橄榄林的
烟幕，与头和手之间枯涸的连接处，防静电的
皮肤；殴斗颓靡的凶光如洗，突如其来地扭转，
云裂化；连同，对大漠沙粒赎还罪孽般的热望。

日照时刻挥之即去，

尘土扬起薄雾与轻网，

云中，从骆驼脖颈滑落的液滴和

蜜奶的气味；身着斑斓

长袍的贝都因人，脖子上丛生菌褶，玩着

面具的游戏，急促含混的话音旋风起落；

挫裂的掌纹环锁绳梯戒指。

还有蛰伏火山的静脉里，冷酷的太阳，嗞嗞冒泡的面团。

一域蓝天，一次贯穿叠叠迷宫的

漫步，一种赓续时延，难以被觉察的

计数；在被践踏的土地上，在棕榈丛里，

等待一个嗓音。这样，所有的茉莉花蕾将被禁闭于

高树，将再次倾身于低草，以一个形体的成年状态，

渡过千年；这样，你会记得

来世，并因此迁移。破晓时分

升起的雾霭中的小麦，离极地冬夜还很远。

沧溟中网眼织物在萌芽，惴惴不安，

绝路之虚，盈衍褐煤化的树皮，灌木林

枝条纷纷折坠；水井底部，回声漾漾

蝙蝠的嗓音；宝石红的倒影，猩红的

黎明，穿过白日蛛丝的鸟群吐露秘密的呜咽。

干涸的河床上烂泥腥臊，复杂的舞蹈中

昆虫翠绿的翅翼释放辐射流；一个片刻无休止的绵延里

群星湛蓝的背影，一枝款冬花；

沉陷进一种幽隐语言的天球，长矛，线轴，

和它已硬化的光芒的漏洞。

利比亚（2010）

当一次漫长的沉睡与一场暴风雨一同

止息，新星再次升起，满潮再次溢流，

荒弃的时间漫过齿龈漂入漱净的口里，裹挟光，

漂移进沙漠中突如其来喷涌的清溪；在灯镜和一只

喙上含沙的炽鸟的边界，成串太阳跃入意象的青天，

而炽鸟向大地俯冲，叼起

盛满隐匿宝藏的蛛网。所以，棕榈林里

纷披的叶掌坠落，所以土壤再次结出橄榄实，葡萄酒，

麦束，和在重复的舞蹈中崩解的巨石。但就在

不可思议的无助从矿井再次扬升之前的一个瞬息，

来自更深处的震颤，撼动大地，撕裂

宫殿与倾斜的楼梯井下方的地基，于是，战栗的一顷，

猩红的果园沉陷，沦入天青——

如同盲目的运气，如同砌入环绕镇子的石墙内部

无法泯灭的声音，银蓝击穿翻滚的浓烟。

对一个沙漠部落的围困，

终于挫败了古罗马战袍猩红的抗击，月光里

眼泪与伤口黯淡有光，被银色盾牌的沉痛反射。无数

火堆的碳质雹暴撕扯掉覆在脸上的绸缎，

征服者的狂欲，隔断吊桥，

它通向由站立在龟裂的石头地面的赤足所镇守的城门，

广场中心隆起的水池里，飘满战士倾斜的身影，他们

从角落的蛛网坠入路缘石的空网，

房屋喷出烈焰，仿佛受伤的野兽爪趾挥毫。

战士们如封埋于屋脊的焰苗陷落，烧焦的头发

像水淹的深井中浸泡的羊皮纸手稿一点点熄灭；

如同皮肤镜面的鳞屑，如同哑默的暗影，如同

赤裸的魂灵，不再有记忆。

屋顶下的云杉树，大教堂门厅里

散发香味的油料，绒毛上遍布伤疤的绵羊的

内脏，一座绿色半岛上的尖顶，下午空气的潮润里，

夸张的快照凭借已稀释的暗码邂逅彼此。

用关于星系时间的无尽绵亘所作的诸番比较和移情，

用一种描绘，隐瞒在胜利与失败之间游移的形象，

公式完满了写作。

因致命的恐慌和打击而颤抖，而终得保存，用沉睡中难以捉
　　摸的手指游戏，

用春天水果闪烁的光泽，我揣度，

我嗫语，关于一种神秘幸福那天国般不可言传的终结。

云层追随晨雾里一只公鸡鸣唱的嗅味伸缩卷涌，像

那些与雨水，与水井中的一颗星一道死去的

葳蕤生光的树。

只需顷刻，沙漠中的间距消散，

在手的重量之下，在步步接近中；彩色的棕榈丛

变幻成一道温暖的墙，或折翼的鸟群。车轮滚滚，

炮筒与箭如灼如焚，绷紧，直直

射入高天的箭镞，以触点吸收光阈，

车轮从旅行的游戏脱身；空余镇子边缘的池水，水泄不通的
　　集市。

焦化的旱季早晨，雨水和指纹的保险丝熔断，

指纹在嘴唇和喉道间游移，

沉默发出苍穹的绰约音响。嗜药的眼珠里，无法逆转的
　　狂情，

天空食道内喜怒无常的时间，

吞噬任何可被挪移的巨石，吞下通往地狱之门的

玄关，和它们发丝上缩结的尘粒之筛。现在在大堂守候，

我们沉入一只燃焰的泡沫，它流动，

即使鸟的如簧巧舌也无法撬动，我们

意识到空虚的总和。

镶嵌锦砖的中庭，咄嗟之间

引人浮想古代享乐主义的神话，

盘绕的绿植和色彩的几何，从水的边缘，

漫溢到绘着裸体的大理石地毯，释出的箭，

钉入美洲虎和狮子的肉躯，追蹑一只朦胧的怪物，和萨
　　堤尔，

脸庞肿胀的森林之神，他们唇间仍衔着木笛；

一种遗落忘川仍未灭绝的声音，由缄默的乐器吹奏，

我们聆听，渐入狂迷。在瘫痪的沉默中，渐行渐隐的

足音与苍灰的蓝熔合，如波浪摇动地平线，永生的

彩绘卷云，与墙和廊柱琢石上

厚厚涂抹的海之沫，毫无重量地融合，

涌聚水的表面之下，

淙淙低语的永恒。

视野中一座城镇正迎候宾客，

屋顶迤逦似窗棂触手可及，

城墙孑立，运河踊跃水流，贯入

戴着枷锁的田野，消失进棕榈林。铅灰的

空气潜入闩锁的门户，禁闭幸福的家园，之后

用螺栓固住那些在黑暗中奔突的无手无头的躯干，

他们胸前佩有金色的标牌。烛幽

过于隐忍，一只衣袖的擦掠和一声呼召悬在半空，

簇拥的拱顶凝澹，化入难以辨识的空间，

窗缘和墙身覆满谜一般的倒影，它们伸向凹凸有致的天花
　　　板上

足迹的草蛇灰线，迷宫的死途，

深沉的气体会聚，激昂，它开始振荡，

半明半暗里，如一座奉献给神的殿宇。

布痕瓦尔德（2007）

漆黑，无人居住的群岛，一支无舵航行的

舰队，巨流撞击帆篷，

一只锚，卧于浩渺的洋面。甲板上群羊攒动，

以精湛工艺织就的星丛的光华，照触

蔓生的城镇，和杳远的所在，

却仍被浓雾裹挟。如同一束阳光，

自梦寐，从深穴，一柄剑刺穿一只尖角

青铜的兽蹄，它正挑衅

火葬礼的人头薪堆上，一具被亵渎的躯体，

一件祭品。如同一条壕沟里堆叠的灵魂，

由渍污和眼泪浸泡，如被打孔的弃土，

缩聚成畜群，

被携带群狗的向导和无用的武器包围，在一片宽阔的林中
　　空地

睡去。

他朝向新月的一道皱纹打开自己，

以便拦截一只夜莺的啭鸣；

在最浓稠的薄暮里，朝一片空地，朝

灌木丛中集结的形象，它正播报先祖的

名字，一边狡黠地交替着音节和

回音。神秘看管住散落的房屋，

它的召唤，渗入灰度，渗入拉宽步距的

森森幽灵，渗入偶像，巫术的

学问，渗入一桩贫瘠无果的事业，被蔽护的惨痛，和

致死的安魂曲。

朝向暗黑，熄灭的水域，朝向

它幕障的灰烟，朝向不眠，朝向啜泣，

一只凋陨的手的勇气；经由恶的杰作，

因肉刑莅临而渐渐不可辨认，一个逃离的种族，

注定行在末路。一种灾祸般的气味，一种毁灭性的

喜悦，某个脆弱的愿望和某种饥渴中想入非非的轻蔑，在衰
　　　竭里，

在欣慰里，陨雪

之裂，覆满镜面。弹指之间，

手指溶解于夜空的谐音，在乖戾的

重复和对古老语言熟稔的忠诚里，在震耳欲聋的

哨音的幻境里，钟声赫赫，

于泥土之下，于听觉中。

碳色阴影的怪异声响，

一个部落，消匿进一段时延鼓噪的暴怒，一段

记忆中，和一种藏匿时钟毫无价值的计数的

错愕里，消匿进颅骨后，消匿进一份记录，云之下

的拱弧，沙中雨，被点燃的头颅的雨水里。

沙漠以狼群的精确放纵恫吓。它负债累累，从生，到死，

到清晨的尖叫，

它将颜色转移进残忍，和锋利的草叶。一根树枝

再一次折裂，好趁着岩阵的眩光，惊动鹿，

惊动营房前的钟摆，几只虚构的水井。

一阵颤抖，沁入下葬裹尸布，沁入

被刺痛的眼，飞掠的蝶影之白；在

玄关。如同怵惕于胆寒，一种视觉极力藏掖，永恒深处，

绝壁上的泉流；如同一座火山耗竭了物质形态的

土壤，如同风中枝秆，无风的空间末殇，

一段葬仪念诵；火焰中，

黑暗中，如光滑的皮肤凝块，它包裹我们。

接近四肢崩裂，它变幻，变容为郁郁舞蹈，

骨头堆成的土丘，永诀之梦；脸焚化成灰。

天使微蹑雪的

罅隙，春天前夜；仿佛一声无法被矫形的

惨叫，光的震响，散入新月，散入一场

如兵燹之祸的骤雨的终末，跌落

郊野。近乎无意中从乌有升涌出的

书籍的影像回音，在夜的延绵之外，

警戒着流水羽缕构形的幻象，在陶瓷兽笼的

栅条后；手的指关节汽化，无头的灵魂，不拥有名字。

他沉入泥污，沉入音乐，

沉入失却了好运的未遭切割的钻石；沉入

不可阻拦的清晨哀悼，分崩离析的青铜骨头；

沉入粗糙编织，已磁化的

帷幕，徒劳无功的饱学隐藏其后，穿过镜面，

穿过所有那些镀金的事物，坠入护身符，

在献祭的浩大中，他抚之恸哭，纹饰爬上额头；在夜的大氅的

    爪尖，被压溃的衣裳不披到任何一个人肩上。

身影变换，一座双色

舞台，如无法终结的仪式和劫数难逃的

游戏，在光滑的表面铺展。夜的囚徒，玻璃后

泰然自若的声息，渗漏，深入黑檀的镜像

晶体。天空穿顶下的鸟群，模仿

阴影不祥的动荡，叠入正息息熄灭的脸庞，和角落里孤悬的

　　蛛网；

从泡影到上古的金属光泽。仿如在溃散成噪音的循环中

　　晕眩，

在溃散成慷慨，围墙，困厄，颓靡，和慈悲的循环中。

兑入羞辱和哭泣，兑入

敷衍，无需抛光釉或岩中云母；

图书馆里连帙累牍的引诱，百科全书皱页上

滑稽的领悟力竞相兑换。

印刷册页失明，围墙后，梦的咒术

不可能自反讽剥离；毛发，

粘连恐惧，灰烬中持续

熄尽，一根光柱，

在失去重量的水中反射，荡涤

一只望远镜盖上的尘埃；

分秒失去形体，湮入缄默吟哦的叹息。

猎鹿人，一座森林的

心脏里，足履旁岐曲径和雪崩，岩石

为之所动；悲哀和疼痛被驾驭，如同被一只受伤的蜜蜂

螫伤。从仿天鹅绒纹理的

小胸腔里，从乌木，一种朽坏解体的

宝藏，从动荡，随救赎而来的宽慰，从狂热，

随姑息而来的颓丧中，所有到来的，总是过于迟缓。溪流自

    地层喷薄，

一条与一个世纪同岁的道路消失进蜂巢，

消失进蜂蜜之甘洌与珠光蓝的明灭，在鸟巢

之上，在天使近在咫尺的遥遥中。荒山，风

吹聚的雪堆掩映山巅，从国王城堡屋顶升天；发抖的白杨，

    背负一根毛发，

石板疏通光与壁；在运河半圆的弧形里，

在死众张开的口中。

一份伪作，在头脑中，在姓氏中，

伴随哨音，伴随在四月的空气里多少暴露出焦灼的手臂

    挥舞，

在对秘密的惶恐应答中——秘密，

迟迟不肯唤醒寻踪的猎物的

黑色兽群——它们的口鼻滴下血。披衮挂锦般

逍遥浩荡，被风刮到篱笆下，卷至公园

围墙边；仅凭一次无关痛痒的交谈，贫血的乌合之众，飞入

那仿造的，那如不动的。

一份与父辈们签下的合同，被捏造的道路和冰封的儿童，

遗产被兜售，与木材，与象牙，

与帐篷下的梦魇和捷足交换，而

就在陶罐中，在水井口，从树皮下层，众神现身。

镇子南面，它朝着

黄昏开放，黎明时它令记忆累累负重；含糊地，

它变异为一声呼召，漠然等候猎获，

鲜血正从那猎物的脖颈迸射；它变异为先人的唇舌，

铜合金，一种不可思议的疑惧，一种熟稔

和躁动；一种就精选的手稿所作的妙想静观。无一丝殷勤，

它道别，再次变异为一种被反复重申的困窘，在阴影

和烛尽光穷处安顿，角落里，庭院中。

织物王冠上的蛇纹石，逼仄

屋顶上的骑士，在潮流的永生里，生

成光之漏洞的迷宫，于人行道上，沦为残烬。

祖辈们岁月静好，物体悉数返回

街面，涌入早已磨灭的窗棂。一名隐身的骑士，

没有手，戴着面具，也是魔爪的信使，不佩戴剑与头盔；

似乎星光下，在总总城镇广场，

他涂描出一条新的道路，有树，房屋，和苍白

如大理石的水瀑。仿佛他，于忧惧中，正塑造一个世界，一
　　　片大地，

和几块大陆，它们的昏聩正愈演愈烈。

如秃鹰他们盘旋地平线，

俯冲，朝向最后的，仍被留存的财产，朝向时间

伸展于绝路的静脉。一场田野上空的游戏，鹧鸪

的希冀将林木远远甩进河中；林下茂茂植丛，修竹，疯长的

野草地；他们用手中的乐器演奏，弹拨，盾牌上的

琴弦，轮舞着谬妄。记忆是一页空白，从东

到西，恐惧君临

嘴唇，手腕；泥浆中

碎裂的镜子和被忽略的一群人。暴众的脸

是蜡色的，在草蜢释出的翅尖震颤的泡沫里，飞升着对鲜血
　　的渴欲。

数个世纪失窃，时间的

凹洞不具备形状，大量被抛光打磨的

脸孔构成肉眼可见的牧场。元气穷窘的身形，急匆匆逼入

患黄疸病的雾和平原，因为一个秘密，它们半开半掩；

着火的门阶上勇气如萎土。

一名黜人，无头却有头发，

眼眶中幽沉一清二白的孤寂；灰尘中氧气离子

闪烁，跃入对称美，跃上眉头的蠢动；

犹如老湿壁画的颜料，迷迭香的气味，

犹如废除了边境线的忠诚，一个空洞，继续流亡。

门阶上，它怒号如一块被镰刀收割了位置的

岩石；自地狱动身，人群里，脑组织的剪纸里，

地景融解成一种摹造的质朴。

裹尸布上演法术，触须惊扰眼瞳，

蕨类的嫩枝上，不含酸楚，不闻笑声。这样，干渴不再

预示回归，咽喉里苦涩退潮，群马

在上蜡的田野中横冲直闯，马蹄铁悬坠

天秤；这启程太迅急，太谨慎。

河流上大雪装饰浮舟，搭造步行木桥的入口，

骑手杳然无踪，踩一对高跷，

邈古泰初便从王座降临，斜斜倚住结着

离离青梅，坚果，与石榴的树身和肉桂丛，

墙中黑洞洞的凝视，地下通道里吐艳的火。

格拉诺姆（2012）

——法国一处古罗马小镇遗址

返回，返回我

生命中初次遇见你的地方，我的亲吻

在你的脸颊留下伤口，仿若微茫的幻影，

你的颧骨在悬停的大雪中一寸寸显露，如蜷曲的

蛇的柔肤；它拔出浅蓝的尖牙，

毒汁刺入青天。

沙漠里，沙粒将时间

织成闪亮平面上的迷雾，掠过大洋，

骤降于忘川之上，一个从普罗旺斯

的红壤和废墟中萌苗的

古代城镇；与干尸一道下葬，裹在

结着晶霜的空寂的粗麻围毯里。

用一根金线，刺破

搏动的颈部伤口里的

雪球，脖子垂向水潭中的酸性软泥，

玻璃肺泡的渗液，

蜂巢中，幽蓝蜜蜂

裸露一只不谙工巧的蝴蝶的几何学。

静默——静默辐射的声音无处不在；
一座矗立在镇子中央的圣所
绘漆的穹拱上，浮升一只鸟，
那道脆断的门，曾经蔽护
自罗马城来的移民和新人的秘密，
在时间的空阕里，也已化成煤。

梦的译者（2010）

笑声失窃已久，农牧之神携镜而来也携来摄魂的

符咒，羊人的美只在一瞬乍现，明澈的

合唱声里他面容苍白，首饰的黄金，就在

泰坦伸臂可及之处。我觉察到柽柳的清香，船桅的星斑，

从南太平洋吹来的微风里，窗下的身躯正

斜斜倚躺，巨大闪光的床身上

织物的绉裂柔软，眩晕中腾挪，朝向

舵柄上的旗帜，朝向船桨落响时溅起的珍珠

涟漪，黑柏油色的桨缘激荡

水体的浓稠。如瓶中椰子粉里

天蓝色的蚌泪，它们蒸发，消弭进梦的谦卑，陶器上的

纹章，和热带气团的亢奋里。

眼眸里，一具被蚁冢侵蚀的躯体，手臂

摇荡，向高处升涌；仿佛在

融解，它化入镜面，远远地滑入岩块，

被玻璃镰刀采去，被断指，

旋扭进梦的下半场；音律退潮时，垂坠的乳房上凝结

树枝诞出的小麦籽粒；仿佛启程的日子正靠近，穿过

喉中无数孔洞，穿过年轮，

变容成潺湲的熔岩，被毛发环绕，

在天空之上的地图里敷写。

大衣上明黄的向日葵摇曳，

髋部绣织的黑莓在燃烧的灌木丛中高耸，

向颈部的浮游生物伸展，卷入覆盖住肩膀的水母，被舌
  包裹，

在一个孩子头发的圆丘里开放，开放在烟草园圃和镜中，

明艳的水彩画上，飞艇飘下细雨。

他穿过金色田野，穿过凋谢的棉花瓣传递的

未解之谜，栖在铜杯的裂纹里，伏在卧着

折扇与巫觋的床上。旅人自北方踏雨

而来，雨滴坠到

穿过拳中青金石的

蜜蜂纤薄的翅上，溅湿羊栏里中毒的绵羊。芳香的无花果

融成雪，化作足下蝼蚁；所以我梦到绿洲，

一个阳光充沛的小镇，我的牙齿沉陷入下颚，轻咬覆盖手掌

的皮肤，轻咬

一只锡枕上自旋的研磨机，和结蛛网的

教堂尖顶内被挪走的塔身。

一座仿古花园里，众鸟

放歌，桌面下麻雀跳跃不停，

目光从盈盈花树转向天空，

等候一位友人，等候旅馆房间里

树叶的瑟瑟幽韵，紧闭的窗下，

一只捕捉器固定在胃上，一种梦中的视力，封冻的躯体如

一柄蜷卧的烟叶，衣袋中

折叠的文件页递送水晶的回波。蜂群瞳仁里涌动的

焦灼，缓缓坠降至涂漆的

书架。一张摊开的地图嗡嗡低语，它萌出的叶芽是

茶壶中的肉桂，如铅沉重，无一丝温存，

镜中廓然的湿气嘶嘶有声。用一次空洞的

呼吸，它扑卷空间，举身跃入一缕静脉，一氧化碳，暴雨，

用破晓时分开始发光的熔线，切断喉音。

我梦见自己握住你半透明的

双手，默不作声地瞥着一匹织物的针步，它覆住

一只笼子，金线缀合鸽子的温声细语；穿过一扇

棱纹大门的滤网，枕上沸腾的呼吸唤醒

你脸庞的百千形象，你嘴中闭合的翅，

焰中的锐舌，它们正隐入

灰烬。黑暗中你靠近，羞怯地，你身披的炭黑羽翼

如剪，划开暗光中的脐带；

婚礼前身体相触的炼金术里，嵌顿着

晶粒的重量，水面之下深处的星界符号，和

一个孩子的语言。

童年，出生，成年，与海鸥的尖叫和

欢悦的确认，在同一时刻

一道成熟。这个清凉的早晨，因胃肉里的节拍器而短寿的
　　　七曜，

蔓衍成诞生自哥白尼转向的深岁，和皮肤里

透明的静脉；静脉易容，

独眼空灵，星群

神秘地迁徙，飞入凸伸的屋顶上的雀巢，飞入听觉的诡计，

石楠柔软的叶鞘，和雨帘，垂落在沙地种植的小麦，与云彩

钟乳石上，滴淌，振抖，彩虹之拱

被一道清溪分劈成

流萤的眼睫，被一根线，与成堆

已融化的亚麻连接；

垂入林中空地—— 一朵被回音的陷阱困缚的蓓蕾。

被倾覆的家园里遗落的水池

以黑暗的速度匿迹,

畏,将人群输送至

江河与小溪清澈的鳞波,

送他们返回符号与语言的震中。

恒久地,落进尘土落进失聪的口唇;陷落于

一块用数个世纪的光阴纺成的裹尸布,

和大地震神秘的悄然顿歇。于是

我斜睨着周缘;那些

碎片的等分层里,几何学正如

流体起伏。就在那里,

卵形的入口处,墙身之后,

簇新的建筑正复述石头与阴影的

遗存,就在

午后的光线中。

地中海（2009）

卷覆住船身的，是含沙的

泥浆，苔藓，超自然

想象，和庆典中的星星集束；

垂腰跪拜的身躯里熠熠生光的

烜赫，犹如一位天使耳语者，扑上面颊的嘶嘶声，是

一支唱给守夜的门阶的颂歌；

如灰泥敷抹丝缕头发，在地道里，在

迁移途中，在深深盘踞的苦涩陷阱里，

在被不祥之兆笼罩的命运中。于极昼崩塌，

鹰唳尖锐，破冰船

虎啸，鱼池熔化，

镶装玻璃的小屋上仍悬挂着脐带；甜媚的

蛛网挽结彩虹，锯齿状镜面，映现

一只手掌，陈列架，云上的升降机。潮闷的卧室里

一扇窗在鸟开始引颈歌咏的一刻砰地关上，而它在话别——

只须在果园的薮泽

微微移动那些将凹塌的小小球体。

一块胸骨下弥漫纯氢，

绳索，被护栏牵绊，船身的骨架系牢

帆的眩晕症；甲板上堆叠低气压和

水力封闭的库存，这重重咒环

属于水手和漂流者的

后裔，人瑞与隐士，

他们如沉淹的圆桶和船隔间内的飞鱼缓慢腾跃，

远离孩童独享的莽撞，

也远离狂热竞价中亵玩音乐者的无明——

他们只信任含情脉脉的受难曲，讴功颂德的庆礼，

与横穿冬夜驰向半岛边缘的慈航

所允诺的欢愉。似乎，我从

绵亘沙丘应答过海潮；似乎，置身失舵的船尾，

我已逃离所有活着的城镇，幽冥的海岸，逃离

市井俚俗的阴影，行在

朝向救赎的迷离欲劫的中途。

碧水蚕食鲸吞,

浪卷湿松枝下扑倏

穿过多岩地层的银蓝色鸟羽。

骄阳烘焙枯草编制的小圆箍, 一只蜥蜴,

在另一只爬行动物的

尾部活着; 海岸的灌木丛

翅翼翻飞, 苍穹

之下, 玻璃球体里一只闹钟, 转动

南部天空的铰链, 旋入

太阳光碟, 象牙

树干, 和在荆棘般的教堂尖顶

塔层内闪闪发亮, 隐隐不祥的方尖碑。这被海浪浸没的

多刺峡湾的囚房们, 仿佛形制纷纭的底片, 在荫蔽里躲闪,

　　　闪着淤青。

背景中, 网的棋盘上,

鲱鱼跃动光线编织着花结, 如赤足的草蜢,

将嘴埋进花粉; 在夏日露珠成串

复仇的毒液里战栗。狂热的烙印打上指尖和手掌,

打上冰冻的眼瞳, 它薄薄的封层, 是青铜鳍片做的。

最初的祆暖日子

降临至一月午夜的山峦上融雪

缠绕的卷轴，它们呼吸，

空间因此剔透，窗口和

方糖，

被孔雀的炽热色彩舔舐过的

烟气的苗芽，缀上了滤光片。它们修造，

以尖啸，以那被璀璨织锦的浩渺

的赠礼所捕获的喙，以此刻晚钟

振响时的阄取，以占卜，

将时间指针扭入停顿的时间之光的

棱镜，鼓翼，与玫瑰花丛

一道，再次从庭院折返墙身。

峭壁上的岩块，回响海水

温柔的腹鸣音；如同

松柔散入北部，浸涸口唇的雪；

如同水面多瘤的三角状衍枝，重量下坠着，

面具和脚蹼，漫溢深部的

底层。充气垫驼伏着

男孩们，一条笔直的沙径上单车的

噪响，在他们背上鼓鳃；脚步

将回音禁闭于空气的叶鞘，又忽地扬升，仿佛一双手臂将
　　幼兽

从婴儿车升举到脸颊。石化的

荆棘，在朝圣者的预言里，在火泥做的

广口瓶里生长，瓶身上头枕树干休憩的羊人牧神，

手臂伸远，舒展着神奇；

几只墨盒，错落散布在曼陀林的乐音中。

坍缩的嗓音颗粒诉说天使的语言，

音波的华彩，龙舌兰和

夹竹桃，分享牧人和未卜先知的牧群的眼神，与夜莺一道，

宁静中，在灌木丛中雕出营巢；喉头的威胜，

被针针缝入千鸣百啭，羽衣，弃于公园的镜中。

郊野的月台上跃动

羊群，唤醒峡谷中的

幽灵，仿佛雪崩中

升举的旗帜，在棕榈树的

羽冠，在珠蚌

的花形迸放里，和蛋白石天空的盾徽

之上。褪却的衣衫上缀着黑莓，

身肢隐入塔楼，双足踏入

骨砌的石窟；传说中，

脆弱不分眠醒地念诵

恐惧，流亡路上，释出缎光的

远眸凝结松香。从嘴到眼，建筑

形体中的巨大凹面，

是奇迹，是泊在厅堂的轮；

墙体亮度渐浓，冷峭的洞穴丝丝明朗。

在城市广场和庭院，

在阳台和雅典卫城石阶，

在海湾船舶上方，弛缓的光泽委宛。

关于沙中足迹，

幽蓝深渊里星簇灼灼花曜的印象；

手掌中的脸庞，盈满的

果篮，旋落至一只托盘，如幕墙逍遥转动

风扇和翅膀。

披薄纱的教堂尖顶佩戴月桂叶，

叶片凝练的耳轮镶嵌宝石；

大理石栅栏上

雄鸡矗立，树冠从台阶上

从孩子们敲响黎明钟音的手上醒来，

清澈的照明光洒向

蜿蜒着车厢的月台，车厢修固于地表，蔓生

青苔和银灰的丝金。古铜色的基座岩石上，

桃花心木缀结着

蚕茧；就这样天空起伏着涌向

屋顶和露台，光束喷射进

百叶窗，搅动绸缎窗帘

如松针飕飕作响，光束扬升抵达云上的

兽群，穿过犬吠，挽住波澜的轻拍，

湮入水最初的源流。

月的脸孔隐没，暴风雨

鞭打着，用一根铜线，悉数分离

盘桓的河曲，天空中循环驰骋的征象，

光的轮轨，与桥墩周遭的

涡流；潮退，饶恕，

野心。小号的魔法在棕榈园里

鸣钟，沙漠沙粒和晶体的靛蓝里，

钟音缕缕稀疏成清透面具编缀的

花瓣。角盔里层叠的柏油

浪袭脊背，头骨；深夜里它们放射光，

木质拱顶下，桥灯耸峙。携来

不祥之兆的群鸟落在水中宁芙的

薄裳上，落在大洋的明灭深处；

太阳猩红，冷风猎猎，铿锵的

园林散发的神秘香氛里，钻石泡沫的

甘甜中，旗手们耿耿无眠。

从深渊，马鬣，烧焦的树干，和

数学方程式——他们隐遁，遁入

一座火山的珊瑚色羽冠与它童贞的嗓音；

那硝烟的纺锤散佚无人能够想象的光泽。

梦的王国裹一条

棉质披巾，教堂尖顶藏着

蔽所，壁炉里星星雨雾溟濛，

雨链熔化如云朵垂悬的玫瑰色枝形吊灯。

取一块方格布缠绕脖颈，

清早，衣衫干燥；而

月光，随宅屋里飘升的烟雾，漫溢

怯生生茫茫出神的

遥远形体的噪音；

运河的影壁中，

篱笆上太阳光束的残弦里，

陡岸围柱上，月在守夜；从长羽毛的船舱逸出

月光淹没魔怔的公园里涌出的马群，采撷一组组滑轮的

和声之舌，吐露素朴的颂词。

这就是雪覆盖的方式，如炭灰，

水晶里的泪滴，如拱形城堡里

天使行进，帷幕一般稳稳遮蔽

那被巨大棕榈树重重围绕的

火山环形口里，无数隐匿的大陆。

回想孪生迷魅，

他追念着一样赠礼，在直射的阳光里，

采石场和崖壁的风中，它摇摇欲坠。与一位天使

谐和地交谈，如

双唇亲吻一只沉入跌宕

绮浪中的号角。余烬的音阶温柔，以手指，

摇晃你，你呼吸加速；所以在蒙昧中，

也是在奇迹里，号角之音吹送一顶隐现的

华冠，一串海贝项链；

从拱弧，它滑入一道嗓音，在不祥的

大洋水面震颤。这样，居丝绸的幽吟，藏语词的工艺，

在大教堂厅廊，趁满潮涨

入月丘，轻掀屋顶的轻霾，

它惊扰那骑跨在海之沫上的漂流者

最后的梦寐；驰向锯齿状的群礁，

在沙尘恍惚斑驳的风暴中。

汇合

他秘密地离开屋宇时，

已变得衰老，他向想象力，

那晦梦的解药，辞别；他尝试过愈合

诗歌不厌其烦地馈赠他的

那些伤口。所以，惊异，

生命中的倦怠，催迫他唤醒思绪，它们为

一些聚讼不已的形体萦绕，

机敏，而妍丽地，在他的记忆中粲然如隐秘的

馈礼，俱经他的快感素求的放荡所给予。

日常事务的责任和脆弱为苛刻品味

塑造的那些陶器散发出的

麝香草气息，而后被证明是荧郁在

年轻肌容上的爱情灵药。

当一枚银币，仿佛一个讹误，

落入陶器，这称誉着主宰力的

高慢嗓音，一字一顿吐露出一则墓志铭——

在君王的宫寝被构思，以叙利亚裔人的

语言写就。这样，

常识与矜重，谨慎地发出最后，也是最纰缪的

行动：消失的正当性。

卡尔米德[①] (2018)

好时光——致父亲和母亲

[①] 卡尔米德：出自柏拉图对话录之《卡尔米德篇》。在《卡尔米德篇》中，苏格拉底先后与卡尔米德和克里底亚讨论哲学，这一篇对话的主题是"sophrosyne"。"sophrosyne"这个词，常常被翻译为"节制"。但事实上，这个希腊语的涵义是极为丰富的，它不仅仅指身体上的自我约束，还包含着理智的健全，谦和的态度等等。更准确的理解应是"明智"。

缓缓伸出一只手，你探

入一具身体内部……探入它内部的运转，

探入一样你坦然藏匿的事物……并不知道是否

有可能透过一件外套的裂缝

截获它……当一个人危险地坠入玻璃般透明的

空气茧子……欣快的尖叫声中，独翅轻轻鼓翼，便将自

　　己……葬入

慢慢向内塌陷的脐孔……失踪的

思绪消融，而它曾启开你对无限时间的

炽念……葬入在透明的天台上吃草的

云朵牧群。你无法察觉，自己是否已触到天堂草原的土壤，

是否已沉入黑暗暮色的小眼珠内

水波冰冷的起伏；并不知道，高山

是否正随乌黑的鸟群移动，被玄色的船身之塔捕获……依然
　　　被海洋

深处的激流吞没；

它……在甜蜜泡沫末端，

随爬满金黄色与罂粟花色螨虫的软垫一起漂移……刺入墙缘
　　　柔软地层

含沙的针尖，也将柠檬酸刺入眼膜……

刺入睫毛上凝结的黑色松香乳脂……

你并不懂得这一切，但你已然跃过了

那些盘错得仍不够复杂的环路，明亮额头上浇注的碘

酊，滴入血栓的胚芽，

血栓深陷幼鹿的主动脉，低头吃草的幼鹿……

在一处活水的源头……在一处翻涌黏性泡沫的喷泉口，一根

　　烟状的钉子，

铆接黑色屋顶的圆木……

你不懂这一切，可你仍喜悦地发出叫喊，如同

初春第一天的孩子：那用燃焰的吻，

用关于潮黑地窖里光的明灭

游丝的记忆；带来新鲜希望的，初春……你不懂，而再次，

　　你被雕入树皮，

云朵，在生橡胶焦油和油渍里灼烧，在镶玻璃的

平坦屋顶之上……屋顶正坍塌，

从林洞穴之上的树木也被悉数摧毁……可至少，

最终你将有所领悟，当你挑选着光束来编织……那点拨云

    彩的

魔杖，它正被一根纤细的线

缠绕进一只鹧鸪的腹肌……

你洞悉受伤的躯体，你用树脂粘合它……一只瓢虫

柔和双翅上匍匐的棉花与亚麻茎枝，在一张嘴中

焚烧；它头颈翠绿，有上蜡的草叶做的

触须……玻璃钉子在肠道中纠集，

揭晓一个黑暗的假想……

一瞬间，鲜红透亮的血从朽烂的地板迸涌，

从一只尝试逃离冻溪上花园棚屋的幼龄雄鹿的大腿

迸射……水面之下的光线湮没

所有阴沉的浮想……你在一张床上屈膝，

那里安睡着一只苍鹰和羽毛粗硬的山雀……一只手掌，探出

　　阳台上的玻璃门，握住

燕雀，握住一只天鹅的……

颈……你身体后倾，从百层钟楼

自由坠落，坠入漫溢夜露的湖底；

云层，也被撒哈拉沙漠之下一条

千年之河充溢……破晓时，小巧蜘蛛

用一根透亮的细线刺穿一个肌肉发达的双头怪兽丝绸般

柔滑的小心脏，它正匍匐穿过

冰山下的洞窟和隧道……一颗小心脏，悸动着，

在献给神的春夜，在封闭花园的两名过于矮小，

受惊吓的侏儒的精灵之夜……

天台喧闹……孔雀的羽翅里，栖着一只鸟笼……在长满

开花的荆棘……枯涸空洞的节日喷泉上方，

隐身的喷流推送声息可闻的长梯……攀至高天，

升至熠熠银河……一名鸟羽歌手正敲叩

一扇洞开的窗……幼鸫鹟金色的喙……啄醒头脑中最新的

　　　梦……

在你的肌肤上染印光斑……将最后的启示……藏匿到深深的

　　　底层。

黑教堂近旁……尘

云笼罩一个仍在发育的孩子……

我从一只残破的陶杯啜饮撒肉桂粉的咖啡……

玻璃颗粒在含尘的

大气中纷纷扬扬，从碎云的丝缕下悬着的

飞艇，坠入玫瑰色沙滩上的气态压力……抓握住失聪的

足音……房间的厨壁上，

花瓶中百合绽开雄蕊，一只银白的蝴蝶

栖在敞露的书架上……玻璃屋顶上植着樱桃树，

一只紫红色孔雀的羽翼……钢针上

缀满长荆棘的气球……

当一束阳光融化成沸腾泡沫中沉浮的金币，当一个侏儒

藏身珠宝铺中浮沉的宝物，而紧攥住麻木手指的

魁伟守卫脸上，浮现昏睡的鸟首，云团在手与足擎着的旋转

　　木马上方

回旋，挂钟上扁平的

指针不再用嘀答声迎送清朗的黑夜，哑默的四肢，不再

舒张收缩于音高的跌宕，音声之轮……不再在天空汩游，

撞击一枚铅钵的口沿……

涂蜡的屋顶，马戏团正嘲风弄月，气球里

荡漾粘稠的天蓝色粉尘……仿佛从一件绷紧的衬衫下，爆出

    柠檬花

浅浅的花蕊……仿佛在栗苞尖刺

和浓黄夹竹桃叶编织的衫衣纽扣里，

发光的圆环在无穷聚散……

在胸腔内，压缩成一条雪白的

尖刺束带，如一阵太阳雨落入镀锌的

瘤结……再过一秒……我将永不再返身……我可能会遇见

你的灵魂，遇见云中鹿

和树脂中柔软的竹节虫；可能，

我会用你的呼吸，从一只巨大的气球啜吸氧气……从深渊底
　　部静卧的

原木上缠绕的藤萝里。

犹如活水，将从那卧在银亮泉眼的

死去的雄鹿双眼和头部涌出……从鹿角渗漏到一只

火蜥蜴的玻璃舌尖，覆满青苔的

地面，它正在一只羽翼鲜丽的松鸡的巢中如梦似醒……大洋
中央的

岛屿上，岩块剥蚀成活砂，崩裂成巨鲸深腹内致病的粉
尘……

一个披浴衣的男人……处女乳房里

沸腾的乳汁……女子生殖器上的一只蝴蝶……

冰冷的风从玻璃山，从千年洞穴中的冰川，从百年树干的年
轮，阵阵袭来……

粘稠的生橡胶，渗出

光滑透明的树皮。仿佛一个与永无过失的幸福有关的

永恒之梦，在笼罩原木的暮光中，遮蔽了根须上一道平静，
直率的目光……根须

推揉着拥入大地的心脏……一只云雀

被彩虹光弧中仍在酣眠的破晓之眼

惊醒……惊醒，晨曦里海岸远端的鸦阵……

夜光沉沉，蜂蜜树脂凝成的

鸟喙叩穿雪白松鸡的胸部……

灵魂将随天空的金色环翅一道变得澄明，

牧神在午后，唤醒孔雀与不死鸟，玻璃纤绒

将鸟颈上明黄的软羽钉入眼睫……

浓密的植刺困禁一只蝴蝶，

它如同被白雪覆盖的丝绸螺旋桨，在大气微尘中摇摆不定，

如缠结的花伞

从隐藏满载动物和捕捉器的黑色卡车的蓬松浮云，徐徐

旋落……清早醒转的还有发光的陈列柜前花房中的海鸥，

和午后森林中那如黑色液体般注满云朵气球

的乌鸦；它们

从宇宙收缩的方形广场上的帷幕，也从鼠类，天使和五肢侏

　　儒的足下

撕扯掉熔渣的脚步……似乎我会了解，大气的雪崩将舒缓

结满冰的腿部，紫罗兰色的足印

将蔓延至浩渺空间密布的孔窍……似乎我并不知道，

每一片刻，脸颊，双眸和前额都在承受冰冷的战栗，

眉毛与粉黄色眼睫飘零至一只正在

森林中白蚁丘之脊上徘徊的食蚁兽的颅顶。

似乎我无法在一名纯净女子躁动的腹内安然入睡，

羊齿蕨掩映的野兔黑色肠道里，惊悸着鼠的余迹……它

正欲迅捷藏身进溪流边静伏的植丛……让一个明亮的日子

灼白高山上大象的子嗣那受诅咒的脊梁上

一个猿人的骨骼……让猫头鹰的尖叫和鹰的清唳

麻痹牧人们和双峰驼群的喉音；

片刻，经年……用一只手

平息峡谷中黑色瀑布的急流，一根手指环绕

一只背负透明盔甲的

巨龟的脖颈……生命的滴露将精灵们

红蓝色的项圈和马群紫色的翅膀吹打得

愈来愈坚硬……从萦绕沼泽的

雾气，升起一座自旋的史前

石灰岩城堡……孔雀飞离高塔，飞离

烟雾弥漫的多重空间的……云朵机器和雾泵……

卡车上过于炽热的熔炉呕出硝酸钾，

仿若从天使和犀牛，那龙的后裔的喉头涌出火焰与天桃艳杏般的

般的

熔岩。此刻，光轮的时间

终于在我们的头脑中嘀嗒有声……此刻，

对无尽旅程的热望终于冷却。就在此刻，

当灵魂中天台塌落，当一座屋宇在焰中委顿，

幼龄的狒狒，鸟颈上簇郁的软絮和

包裹孩子双腿的披巾，俱被焚烧殆尽……一只明黄的蝴蝶，

    在晦涩的

喜乐循环中，围绕一座木屋和一张木桌

扑飞……如同篱笆后的绵羊，你在黑暗中睡去，双手

在后背交叉成十字架的形状，用盛宴餐桌上的面包屑静伺麻

    雀，正如你

让孩子们从一根镀银的吸管啜吸甜蜜的

桃花心木唾液调制的麻醉酊……取一块花缎

你擦干嘴，手指却粘连上一付粗麻面具，它由

委拉斯贵支笔下《宫女》裙边褶绉的

细线缝制……那温柔女子的金牙

是金币锻造的……人踪灭尽的绝路上，一辆满载

湿木材的破旧卡车，正高速驰向河汉，

封死的十字路口没有退路……吉普赛人将营地驻扎于北半球的

　　球的

轴线，经纬线将无穷的死路

——挑织……惊慌的花魁鸟

飞入九天；雄鹰，越过

群山，用巨力收缩并散逸广漠的空间……如同郊野

屋顶上的一艘飞艇，它折断的

翅，缝入一只覆住光球的手掌……

夏日的清晨，伴随咖啡渣肉桂与丁香的气息，音箱折迭的

　　　噪音

如旋律的甘醴，迷惑听觉和

声道；耳之迷宫里，从灌注松香的耳鼓室，蜜液

倾泻，注入尘土，灰烬酒酿那快活黏腻的微粒，

注入术士有关永恒福祉的咒语……

你已决定，我必须离开，与浸没在

天体眼球和芬芳闪电中的秒针一道，转瞬

在蓬松垂冰的重量之下陷落……

垂冰燃尽，只在一处阔屋地基，水泥壁柱下的漆黑洞穴里，
　　留下

根须……你已决意，我必须远离，不再返回一段被谋划的

无尽旅程的起点……无须践行那统一

永恒回归与俗世知识的

允诺。如鹿的脊背与腿，

如鼻腔中的软骨，一个时辰弯曲成

一只夜鸟头部静侍的弹弓……一枚

牵引青蛙绷紧的四肢皮肤的自动引爆器……

指关节上爆发的原子坍塌，扼息口中

和鼻腔中的流涎的气雾……音波的山峰上，

堆叠的树干震荡着，回音灿灿，在悬宕的

时间里，在山谷中黏土和雷电导体的时间轴上，在

河谷中兔鼠刺穿的拇指尖，在蓝色闪电的光芒中

滴答作响，萦绕

失却知觉的深峡和洞窟……仿佛庭院中斑驳的镀锌

玻璃门与微启的窗，在一座透亮房屋

尾尖的游廊上，虚掩天堂花园里

盛开金针的灌木；那门阶上巴洛克样式的花房中

充满气体的赛璐珞蓄水池内，起伏着液态的蓝丝绸的

暗金纹理……有如黑死病的异趣，蚯蚓口腔中

散发的浓黑腥臭在泥泞的池塘中沉浮游弋，

头高昂，模仿伸着手臂的孩童死者，睁开眼，在铙钹和小号

　　声中……升入

清早的洪泻，升入在对如花绽放的伤口

最后征服之前鸣响的警笛里，升入

尸衣上紧紧拴系的镀锌的脐带，一条玻璃纤维束带将液体围

　　巾裹缚浅蓝色

液化的头颅……一条博罗米结①编织的项链，

愈合了一只冰凉的手尺骨上的伤口，和腕部的

创口，它们如黏滑的尘屑点�皮肤，横穿肉体，直抵骨骼

---

　　①　博罗米结：是拉康用以描绘想象界，象征界和实在界三者关系的拓扑图示，来表示"现实性，象征性及想象性的三重交合扭结"；拉康视三界为主体无意识的组成部分。拉康的三界始于一个假定：主体所表达出来的东西，总是多于他意识到的东西；主体表达出来的能指，总是无法明示，主体已经掌握了那些能指的意义。这三个领域被描绘成博罗米结，无论哪个环既不在上也不在下，完全不交叉，却又相互联结，被放置在相互支持的拓扑学倒转空间中，而且，它们之间保持着一种动力学平衡。

　　它一方面隐含内在生命力，一方面又依据不同的话语环境和语言的灵活游戏，与高度灵活的思想创造活动结合在一起，形成一层又一层，一环又一环的错综复杂的变换网络。在人这一"文化创造生命体"的上述复杂结合中，可见的和不可见的，隐喻的，潜在的，精确的，和现实的，都相互交错，相互渗透和相互转化，形成精神活动及其潜在性的多元化和多向性。

肌与主动脉······血

浆再次将金币熔融成兽性的红疹，镶嵌从颅底涌入断裂椎骨
　　的酸质的

波动，尖厉的呻吟中，一头紫罗兰色的羊驼

秘密地分娩；一枚蛇卵，

在土黄色洞穴中孵化……从大象的骨缝中涌出蚁

群，蜂房里惊跃无数蝴蝶，玻璃屋顶下

淡蓝粉红的蜜蜂与众眼朦胧的蝙蝠

刹那间充塞一只天体钵盂中脉状的星丛……

玻璃山上，一条鱼群成倍繁殖的溪流灌溉着山谷中的草甸，

　　　水塘中的

花园……用雨水外套披拂

肩膀，用瞳仁明亮的孔雀的紫羽编织缎带，闪光的针刺

铺满陷阱。腹壁上脐带

末端，须臾间幻化

一只冰冻的绯红色不死鸟，它正欲飞入曦微的寥廓……

从一张照片里，缓缓步出身披旧外套的

父亲……他身后，一只狗跟随，如同

深林中踱出再生的阴影……苍黑的影像苦求着欢悦……

灵魂中的形象渐渐隐没，父亲与犬也一同消隐，而相纸墨守
    自己的

形迹，暗房中的黑颜色，

存留住一个躯体的边缘，眼的光室中的

照明，与永恒之光的焦点……似乎，一位父亲和一条犬，匆

    遽地，融

入那拒斥边界的，永恒的澄照……在

活生生的和气息奄奄的片刻之间，

被一个孔窍捕获……一种可怕的，致命的玻璃光效……

致死的恐怖搅涌

镜中映像，孩子们拥向空中，子嗣与后代们……所有那些

惊觉的动物，跃入无意识和解的空间……

死众的魂灵，驭氢气球

驰入最后的居所，那绽放着撒哈拉之花的

天国花园；一根金线，将花瓣绾结于海星的腕臂和叉棘……

　　　好似

棕榈树上空明的花束……

它以新世界第一个人类发出的奇妙

允诺，诱引……那联合起分裂的渴望……一枚虫蛀的核桃；

死亡降临前一个礼拜，一位母亲的

形象，正消失于永恒和解的灰烬……投掷，

遮盖，云顶第十三张死神之牌……隐身的屋顶移动着一座

活水喷泉内在光源的

隧初……以圣子，圣父，圣灵之名……也

以一只犬，和一个史前人的灵魂之名；他跨出背景，跨出云

　　墙的黑影，和

被隐匿的未知天空……

我最后能看见的，是圣山上一座梦的城堡，

一辆辆满载湿木材的卡车……山巅的钟楼……万物，一个
　　世界，

在同一瞬间炸裂，沉入湖底……而时间机器安抚着红隼
　　鸟……

金色涎液的辙迹上，

一辆沉郁的火车悄然提速……房屋在烈焰中化作蓁土，

撒哈拉一朵午夜之花不分昼夜地荣朽，将一颗心脏的玫瑰色
　　膜瓣幻变成

云卉；在转瞬即逝的幸福那永恒的尘埃中，蓬松的

血细胞蒸发，消失进一只软枕……一阵强光照射的

狂风将羊群从云中驱逐，避雷针尖的一只天堂鸟，淹入

泡沫翻腾的表层之下……如同隆丘中

一只玲珑鼹鼠，透亮白云母修砌的屋子里一只黏滑的

蜗牛……如同攀爬着人马座云梯的竹叶……如同一位天文
学家，

熟稔月光的羊齿蕨状装置，而潮湿地下室内，无色的蝙蝠

闪击着裸墙……同样地，

在最后一日，时间机器将安抚北极的……麋鹿群……和喷发
熔岩的

火山口那群鸟张开的

喙……非洲的大象……在脱轨的南半球栖身的海豹，

逆戟鲸，与熊……没有征兆地，最后一只

热带草原的夜鸟振翅飞向挪威之北华丽的荒土，美洲

加勒比海再次

与亚特兰蒂斯，亚洲，澳洲和密克罗尼西亚群岛

结合……盘古大陆和遍布旷野瀑布的

原始森林再次与天国花园一同在光芒中闪熠……猿猴，狮

　　子，双峰驼

嬉戏无间……

大洋永恒之渊的深井里，

　鱼群，蟹，蝾螈与鳄鱼畅游于活水……

大气隧道中翩跹彩蝶……碧蓝

滚入粉黄……关于受欺骗的不死鸟的

咒符魔力之下，物种流转……雄鸡长鸣，茉莉

花环轮舞……在一个未出生的孩子的脖颈……

在一片共为唇齿的景色中，在披覆死神脸庞的白尸衣上……

孤绝的深渊里，一头八眼巨兽半眠半醒……它

冰封的额头，闪烁一颗明亮的星。在宇宙

这枚镜片的黑暗中……一只梦鸟，一簇簇羽裂的意识与

　　光……

随船身漂流，驰入虚空……漂入侏儒们的寄身之所……

泰勒斯之月① (2019)

写给一个被她母亲扼杀的女孩

---

① 泰勒斯：Thales，约前 624 年至前 547 年。西方哲学
史上第一位哲学家，古希腊最早哲学学派米利都学派创始人，
古希腊"七贤"之首。他开启了哲学史的"本体论转向"，提
出并探讨了水是万物本原；他既具有朴素唯物主义观点，又
认为万物皆有灵魂，具有物活论思想。他结合埃及的几何学
知识与巴比伦的天文学知识，开创了希腊天文学。柏拉图在
《泰阿泰德篇》记述，泰勒斯观察夜晚的星空与月相十分专
注，一次他边看边移动着，不小心掉进了井里，引来一旁色
雷斯妇女的大笑。黑格尔说，"只有那些永远躺在坑里从不仰
望高空的人，才不会掉进坑里。"

云……如素描摹写屏风，

如……罂粟花镂空织毯……

高天的一个手势……步履，绾结一根缎带

绽露的温柔……轻摩皮肤……

刹那间化作一个爱痕，和对血的渴念……

不是白昼不是黑夜，并无明朗的地平线
自云彩之巅坠降，雷电击中蚂蚁的

腋窝……不在清晨
不在傍晚，幼鸟醒来，明月从

鸲鹆的头顶弹射。一只平额
天鹅振翅飞入青冥，一只楔子闪动，
平平嵌入彩虹高原上晾晒的干草……

穿孔的雨篷下一位异乡人，

左手撑一把玫瑰色雨伞；

海鸥栖停于雪白的熔岩，风井里

含毒汁的针刺，飘浮在

岛屿的松石绿丰草中的沙丘之顶……

如薄暮时分，极光到来

前夜，狮群，鹿和树袋熊苏醒，如黧色

荫翳，用乌墨般的血浆涂绘平原，

如花朵，明亮的血浆泡沫在池中怒放，

折叠进一只孔雀肌肤上的夏日羽翼。如

山雀的嗓音，湿热的泡沫从一杯比羽毛更轻盈的咖啡

升腾进迷霾……升入一只雄鹿头部

张扬的骨架，升入肺腔，蹄尖，和

千年古树旁的藤茎，在分泌黏液的

溪中溶解，树脂粘稠

回环扭结……再一次，黑夜和白昼跃升，从

盛开棕黄色花朵的草甸上孳生的篱尖，从游廊上

一把扶椅，从天井里簇拥枝蔓的铅

灰色浮桥和黛青的

矮树丛……不是白昼不是黑夜，并非是森林中紫色

宅邸的时光坍塌为

尘埃，化作一个凹面体上的栗褐色垂帷；

火山的幕墙塌伏，沙粒状的褐黄色

飞蝇在碧绿河面的

沼泽地盘旋……蝴蝶幼虫

翅膀上绯红浅黄的色流被焦痕捕获，困入

羊绒之茧，和闪闪发光的淤泥，

却又过于迅烈地扩散至天际，和公海上

悬停的船帆，

与太阳暗黑的抛射轨，晨

露中坠落到蜗居的屋顶，与地窖里一只

铁矿石浴缸内萌发的，过于坚硬的石笋

之上；仿佛碎裂的骨骼和肌肉

那静默的深紫幻影，被海鲸之腹紧紧包裹……

在金线织就的桅杆上，

在一只孔武的秃鹰的幻听里……在忘川和散佚的

神话里。并不是池底

银亮水体中的白昼和黑夜……在存活的

黯沉石灰乳槽中舒展根须……

从最底部，鸟的鸣唱，鱼，青蛙和哑默蝾螈

窸窣的歌音，一齐舞跃于

倾斜的绝壁悬岩之上

光束的璀璨……一只猫头鹰，

双翅随阁楼上雄鹿

声道的裂痕而弯曲，迸出颤音，

被阁楼上的蝰蛇之齿撕咬，如

突如其来的混乱中，飞蝇叮蜇肘弯和腋窝……

如一匹银黑的帷幕

垂直抛落，愈升愈高，托起

活岩与冻蛙。银之月，

顷刻间夷平深渊边缘的

石阵……而泰勒斯坠入井中，仿佛

一只太阳鸟从午夜的幽暗陨落……垂直

坠降的精灵们从不远处一座房屋内

女孩子们的身体里苏醒，她们柔软的静脉里

流动着恐惧的颜色，隐隐

在皮肤组织中绽开，好似

一名旅人从悬伸的墙顶跃下，

双掌猝然绽放于气流中。

透光的泡沫里，诞出千岁

海龟，海龟卵迸裂，蛇出生；只须一枚蛇的尖牙，

有毒的赘疣自慵懒浪客的双腿和脖颈滋生；

他躺在染色的浆粉

浸润的干草堆中，麦芽内隐蔽而

甜蜜的醉态……泰勒斯转身离开，他的愧意静默伫候。

让月再次放射光，

曲线流畅如银质球体，滚拂

并归还哲人之欢……刺耳的笑声里，一缕睡意惺忪的思绪

从浮着衫衣皱痕的

肉躯内飘升，在无辜的罪孽中

屏息，从喉道，朝向

大气圆丘吐露字词。并无

秒针，发出空空如也的滴答声。

灵魂中蚁集燕雀……鸟首之上，一颗星，

一尾彗星，人马座星丛……映照

无数镜面……圆环循回着构形。灵魂里一颗发光的星，

高天的弧度……是梦魇，如活石，

如启示之井涌出岩齿鲷也涌出

活水……

仿佛一个纤小得不可思议的玩偶，

披裹粗硬的黑织物，存活在一枚头颅中，

一具身躯里，却生长成云层之上

一朵玫瑰，踩着

白昼与夜晚的双轮，驰入新鲜的

清晨，嵌入灼灼含光的泡沫的

脸颊……月牙翠绿松香般的月晕吹弹可破；它

在洁白谷粒平稳的滚动中卷曲，清晨

和午夜再次

亲吻，熔合为燃焰的环圈，和一个女人的丧恸里

甘甜的冰羽……地下墓室里，

砂砾和星簇焚尽，粘入梦寐，

远古生灵的乖戾蛮力，粉碎砂糖状

灰烬建造的屋宇。跃离……跃过

柏油浸润的

喷泉口，沉入水槽里一枚

紫色的螺钉；从那里，一个闻所未闻的畸零人诞降，他游向

隧道；沉睡的蛇，

缠紧一具骷髅的长裤；无声的

喧噪在它耳中回响，翻滚于高潮低潮⋯⋯星丛的

迷宫里，无牙的密使

朝着深夜呼唤，而白昼在盛满金币的

瓦罐内轰鸣，干燥的口唇高呼求救，惊走

草甸上一头银色牝鹿。

口中沙共鸣着，将它自己唾入

冒泡的气球⋯⋯屋舍中，被点燃的，是蛇之咬

馈赠的黑色物质。

黄金箔与白面粉捏合的环扣，锁着有关

银的普通粒子的记忆，从一轮黑月……蒸发……在腹内和

    肩膀，

尾骨和受伤的眼膜

震响的冲击波中硬化……狂暴的兽群奔跑着

融解在林荫大道，月与夜再次于丛生的泡沫中

成熟，原力释入云的

相变，在一阵卷扬颗粒的

天体劲风中凝结，覆盖那无数如同矮树丛般

萌出地表，爬满匿鼠和榛睡鼠的

钵盂；自灰白火土底层，一列着魔的

火车驰入天际弧线，迫使它弯曲，滑向弃屋的残顶和

惊惶奔突的鹿群的臀线，与

魔怔的云朵塔楼下

混凝的乌黑壁龛……一只柔软的细颈蝴蝶

飞升至透明的月之暗面，

黏液般的散兵游勇和不速之客，一支

巨像的军队，在湿滑的淤泥中胶着，淤泥融化于

凄怆的剑客足下，他们
包金的触角和剑与短刃铰结的四肢，攻击

黄昏中红蚁黑蚁的
蚁丘。
身姿柔曼的邪恶地精潜入黑泥的凹陷，

卷裹雪片的风雪流

覆写着歌音，从屋顶迂回扭

17.

入漆黑的地窟，那里，纯金的
蘑菇涌出地底，速生成金属质的
流体，被大气犬群和身披

蕨叶状柔滑织物的羊群

吞咽……乔装打扮的时间之轮被驱入
一阵阵大气涡流；星辰之下，
月飞溅血，滴落郁结幽暗的粗腰桶和水塘……
帷幕禁闭暗月，尘土随柴火的

燧石弹簧扬升，如同

粗粗织就的婚礼寿衣，死死绞缠

被撕裂的白色处女最后一丝气息……月中之月……

月光，泡沫翻拱的云……

又如为明暗对照画法猎获，伊甸园，再次

在躁动不安的明晰中，安放天堂与秩序……午夜时分

卡车满载潮湿的原木，

森林深处，一只乌鸦就是一个黑色鬼魂，我的儿子啊……

一只紧锁的公文包是一所幽居，睡着被濯洗的祖母绿，鲜亮
　　的蓝宝石，

金币穿缀的项链，一枚戒指，

和一颗心脏。虚空的一个记号孔，

万物的藏退，熵……一块属于男人和女人的母岩

瘤结，膨胀成淤血凝块，

危及无径之路，而它不过犹如一座悬山上

红蚁的殖民地，一小块面包芯

碎屑，或层层折叠台阶的

迷宫……月中之月，

绷紧的金属丝穿过月光，穿透前额，探入无尽的

暗夜和凝固的

云层。足音深处粘着一把钥匙……

某个秘密的暗码；木屋里

热吻在吐焰，

肺活量增殖成

蛰伏的运气的双体合一。于是无穷之

力涌冒，在山峦上，在冰川的沟堑里……被

一名巫师的长钉重重钉入一壁

古碑的肋骨，碑身坠入深底，如一块厚

岩滚落屋宇，猛然被烈焰熔化，

被赤热劫掠……屋宇……如

杳无人迹的路径上炽烈的气体之蛹；

荒径伸入黑夜，伸向无名之地，伸入无……光波涌入

地表以下的阿提卡式建筑，光波

血凝，侵蚀巨大的

梁柱，在城市尽头一座船坞

被淹没的地下室深处……从熔炉现身的

歌者在海滩上海浪的嘶吼中

长啸，春之声就此匿伏。亮晃晃的竖桶和

铜管啐出哗笑；

活水……渔网中孵化出鸟的盐翅，

眨眼间扑卷一座城池；

只需片刻，不可能被遗忘的长夜和

短日钻出土壤，充洽

被记忆遗弃的事物……让我用玛瑙手指

清点夜晚的邂逅，在种植着丝柏和结满葡萄的棕榈树

花园里。仿佛

血滴已从布面沥尽，绽开在

成群牝鹿和牡鹿的肌肤上。月中之月……血红色光晕中的

黑月……卡车满载的潮湿原木，被

金银泡沫编织的绳索捆缚……

某个梦里，似乎，在一艘远洋货轮甲板下的金字塔墓室里，

    我中了毒，

如眠似醒，以浮想

迎迓拂晓；从一座玻璃城市的体育馆中庭，

散发霉味的阿提卡风格的厅堂，到

堆满仿古非洲家具的舞池，钝涩的回音飘摇不息……我不会

知道，屋子尽头的游廊里，

时间正随皮肤上秒针的震悚

点滴漏尽……我不会知道，白日与黑夜须臾间付之一炬，

    仅见

一位哲人的烟斗浓烟含焰，一个受骗的波希米亚人佩戴的粗

　　陋项链

烁耀光尘……爱的数理……一个"无"的博罗米结。

黑暗的暮色地带（2018）

一只乌鸫……森林中一名黑色宾客，我的

儿子……我向你复述与欢乐有关的话语，这样或许你能渡过
　　光阴，

也将在一次次消失后一天天现身……我梦着

……一个三十岁的男孩，在夏夜的梦魇里喘息，

等待一个良辰自破晓时分向晨光升举，

当乌鸫的黑羽盘点林中空地的方圆……

节庆的岛屿上传来沉沉钟音……

那只犬看着我，我也看见了

那只犬的玻璃眼珠……我看见一个戴红帽子的男人，

他从不吃成熟的樱桃，从不踏足黑色草地……

惊慌的犬，腿太长，

在冬日林中空地的陷阱里悸动……仿佛受惊吓的蜜蜂，

仿佛草甸的褶纹里，荆棘丛中一头惊悸的鹿……仿佛眼窝皱
　　痕里

烦躁的羔羊，或一只玫瑰色的不死鸟，

栖在地底之蛹的躯壳上……一只海鸥

在时间空疏的圈套中迂回，而冰凉的蛇，蜷伏在爱的诺言
　　里……

我从未忘记你的脸……

一个三十三岁年纪的男孩，一位少年……年轻的男人-男孩，

双目紧阖，痉挛的身形，正从夜色中隐现……又再次消逝入

卷云……阴云浓稠，我凝视

天空的穹顶，凝视你的前额，容颜；你的语言，随那些落在

你脖颈，头发和腹部的亲吻的辞令融化……十万次地

被遗忘，又重被述说，从你语言的

喉咙和舌尖……却从不曾在伸向

阴曹的曲折小道上被吐露……我仍能听见那神话故事里

悬空旋转木马嘎嘎有声，上百万次，它围绕你身体的

心轴转动，旋入光，旋入正在你渗出汗液的皮肤上燃烧的

白昼的明朗……一只熠熠生光的手掌，仿佛一只柔软的手

　　套，穿戴着另一只

手掌，旋即隐没，你的影子急促地在双眼之上

变得苍白……紧阖的一霎，眼眸的光遁入一位睡美人的身

　　体……

你在忘却我，正如同我被孩子们遗忘……

孩子，你是他们中的一个，从黑夜到白昼你凝视虚空……凝

　　视存在中的

无，和永恒的快慰……你在忘却我，如同我被草甸上干草棚

　　中的

雄鹿遗忘，在深夜黎明……你在忘却我，

如同我被沙漠中美丽的獐鹿和麋鹿遗忘；

从挤满双峰驼的道路边缘，从白屋舍幻影般的水井和凹

　　陷里，

阳光迸出……道路通向加德满都……屋中，

麻雀和紫云雀正朝向高天的拱弧吟唱

晦涩的歌，快慰播撒……不幸，播撒进庭院门廊上鸟儿藏身

　　的冤窟。

春天的圣洁正在粗麻布袋中汨涌……

一块被光线剪裁的紫罗兰田地，仿佛黄金，在一只受伤的鸟

　　体内

沸腾，它银亮的云母翅翼，是乳脂，是珠蚌

半开半阖的贝壳里烁灼的松香。

犹如你过于纤细和空洞的脐带，你腹部凝胶状的

发绺……岩浆和葵花油喷涌，覆盖披缀童话服饰的男孩们

的头顶和面孔，它们……碾压，填充，孵化

即将在伏草上腐烂的海龟

卵……消逝的，还有由时间轴的

线段和直线所伸缩的那些片刻，它们正隐入

同一分钟在暮光中成熟的果园，与橄榄林中

无穷延伸的大道，当春的气息击中嫩红的流云……

森林中的荫翳，绘出一些身体的轮廓，

灵魂中的阴影，装饰门前常青藤披拂的晃动墙身，

荆棘树篱环抱一座有棚屋的雪白花园，足迹将自己擦拭得透

　　　亮……

一棵镀锌的树，闯入

高地，那里矗立着一只生铁雄鸡和一面闪烁

砖红光泽的旌旗，被烟云帷幕环绕；而此刻它宛如袭来的冰

　　　雹，在割下的

青草，和佩戴花露丝巾的牛肝菌已腐烂的伞面

崩落四散……天色转暗，泥土之上沉寂的夜来得太迟，可从

　　　我体内，

一种三界绠绠相勾的爱，被挤榨，匍匐在结冰的大腿皮肤，

漫衍进一只皮毛动物的每个毛孔，汲取……为假先知
的诞生祝圣的庆礼上，一个大孩子
赠与的所有亲吻的缱绻。

他置身溪水边羊栏中的羊群，
置身乡野自生灌木的织毯，溪流注入山林巨人体内一条水坝
守护的湖……一位神秘的守护者……天堂与地狱……旋即在
　　他自己体内

倾覆，如同海豹与雄鹿
接踵坠入深峡内一团和气的凶横兽群；男巫摇动旗帜，
紫色长矛刺入一只巨兽的前额和蹄尖，洞穴里独眼巨人收
　　缩着

猎鹰的翅翼，落羽坠入伤口，坠入

沙漠中一名旅人的躯体……孤零零，他独行踽踽，受伤的有

    蹄动物终与

那沼泽地湿草中一枚方盒闪烁的光泽妥协……孤零零，他独

    行踽踽，

消失于沸腾的井

水之下……又如同野猪和北极

驯鹿，跌入雾浪……跌入萎缩的热带草原上弥散的烟霭……

许多年如同一个白天

远逝，困住一根蜷曲食指的

蛛网里，心脏时钟依从自动装置的律令

搏动……自动机，动静脉，丝绸的滑音淹没一个

暗哑梦寐中尚未出生的孩子的肩膀和脖子；

滑音唤醒鸽群与浪尖的

海鸥，海水的甜蜜泡沫镀锌的眼睑，是云朵的刺荆棘散落的

　　絮团。

木屋的稻草头盔未卜先知，

高温炙烤山雀，燕子和

雄天鹅。从蒸汽过度饱和的大厅一角的烟囱里，一只

不着衣裳的鹧鸪急急扑飞着动身……红绿灯明灭着慈惠的声

　　音，与一只

狐狸的尖叫黄蓝相间，

禁闭犬的鼻孔。无意间，我触到一头鹿的头部……

曾有一只爪子轻抚她的皮肤……
我粗野的手，探入她的腹腔，
她的子宫，为她安设雄鹿银角骨做的
导线；我喷出鲜血……从天空的八方四面，血溅上半明半暗
　　玛瑙的面庞。

一只手平平探入她分泌黏液的肠道……
小鼠和大鼠啃咬着一张柔软的小床；用一根线，一枚尖锐的
　　金针
缝合光的嘴唇……最后一次，如同第一次，我遇见你，一枚

雪和涎液的凝铜铸的头颅。第一次

如同最后一次，我的白牙咬住你的瘦骨。

最后一次如同第一次，我蜷入你的环抱；从结满粘丝的
　　颅底，

我啜饮你微温的蜜甜泡沫，

泡沫即刻分解，如你迷途的四肢和头

骨电露般崩解……我道别，最后一次如同第一次，一枚镀锌
　　的宇宙的钥匙，打开

血管中苏醒的大自然的一扇门……我的牙齿，

骨头和脊髓变白也变黑，暗物质中，

我的心脏变白也变黑；成串金币缠系腰间，

腹部和颈脖，我返身一座半明半暗的

房屋，走入玄关……游廊披裹的黯黑锦缎。一个个扶摇在灭
　　点的

日子变白也变黑，会有一只梦鸟，

朝向黎明呼喊；一条徜恍的佩戴冠冕的蛇，休憩在一个处
　　子的

膝上，他双眼大睁，身着及膝长裙；

朝着倾斜的云彩之水，蛇在令人震惊的韵律中盘曲。我

遗忘的记忆伸出的舌变白也变黑，

遗忘的记忆，聚合成一枚枚戒指，海鲸和半人马的脸庞冰
　　凉。我

头顶的树皮变白也变黑，让一朵会施魔法的花，从撒播了过
　　多百合种子的土壤

绽出……我的双眼，眉，前额，和白天鹅

咽喉里纤细的骨变白也变黑；它正在湿地的水坑里沉淹，

荆棘樊篱后的花园里，白化的雕像体内，一块被放大的鸟骨

　　是一柄音叉……浓雾

向地平线上的昏暗扩散，紫，

涌过大厅里雨篷和羽垫床的

迷宫。暗紫的雾弥满空间，

如斜雨……将海滩，田野，群山，

卷入一只玻璃钟，将夜梦掖藏进黑色的晨昏，

用黑沙……拂白天台与乌青的窗棂。面包和

盲者身体里的铁变白也变黑……还有那树下

笼中歌手失去的喉音。让梦自天国降临，

而猎人的来福枪在黑洞洞的林中空地炸响……让吉卜赛人，

　　与深穴里的

欧椋鸟，双峰驼，老虎，狂犬，

长颈鹿与绿头苍蝇发出尖啸，越过边境，降落……

黑色卡车载满湿木材……甘甜的梦曼妙如麦束摇曳，

云的皱褶悬垂，是簇拥在脖间，喉道的

明丽围巾，一张脸，相变为

成千上万枚紫币缀结的缎带，凹凸着光波……化为尘，

如海龟甲背上剥落的冷墙，化为灰烬……化作外套上

螺纹里的纤蕊，化作

双峰驼绒毛里的颗粒。让摩加迪休市场里

一挺机枪的呼啸化作人马座的星尘，让桦树皮上的

细针状结晶不再窒息鹿群，让鹿群的呼吸融化

如地平线上大气墙身溶解⋯⋯在银河系的

草原，丘陵和高山上。让一个清晨再次，与太阳黑子一道，

  为天堂

鸟佩戴光环，它将如茧，紧紧裹住声波的

岑寂⋯⋯小鼠和大鼠黯黑的脸上搏动音响，邀一位新娘加入

  赤足的唱诵

之舞，和宇宙之轮的游戏；因为我就是那个孩子⋯⋯世界的

  孩子，

围绕一个有镀锌的软组织

和结实轮辐的心轴旋转，犹如膨胀的冰雹

从天空坠落沉积岩，浓黑，粘稠的小麦粉矿物泥浆……几乎

在黑夜黎明，你再次预感到子夜时刻的音阶，婆娑着，匿入

　　空无，隐入

永恒喜乐的乌有之境……

隐入狼群，獾，食蚁兽，蚁丘的卵囊之间

沉默的和解；又仿佛蚂蚁

直入耳鼓膜，溅落喑哑迷宫纤薄的云母。关于生者

和死者的记忆，转瞬潜入鸟儿

窄细的喉咙，藏匿起被沙漠的乌云外套包裹的野兽午夜的呜

　　咽……

沙漠沙粒中的蝶影……沙漠喷泉里丝绸般光洁的

蝴蝶，<u>丝绸</u>般温润的绿洲。如醴的

沙尘覆盖金字塔，羊绒，唾液，蜜的泡沫

覆满亡灵之谷的千年岩石，陶器，玛瑙……

丝绸般光柔的彩虹，平静湖面上

如云纱织就的纯白披巾，层层卷裹大气球体的

踪迹……再一次，突兀地，沉淹入岛屿地下的深处；仿佛从

雄鹿的血管，绽出一束天蓝色光线……

我不可能知道，平原上会施魔法的花朵正再次转动，

我不可能理解，海蓝宝石色的蓟花丛里，一只山雀如何被胡
　　蜂蜇伤……

我不可能明白，你如何

在草叶露珠里安睡如羽翼明媚似

重重花绶沉坠的金鸽。可我仍醒着，仿佛乌鸦

在一个梦里醒着，乌檀枝条如丝如缕，铁丝网格里嵌着泣诉
　　的黏土喜鹊……

旅行吧，告诉我们关于永恒的道路的一切，

这道路分裂的岔口，有一座塔，从地狱向天国升涌，仍在露
　　水浸润的

大地，从太阳球体最后的中心生长；它镇慑

邪恶密使的一瞬，也窒息了

那行在窄路的……吉卜赛人。

黑暗收缩，高天收缩……再一次，雾浪

翻卷，密实的帷幕缠绕，在芬芳的新鲜空气里撕裂。

大气涡流在密闭和白化的云中周旋……急迫地撕扯

烟状的四方陀螺绸缪的雾帘，陀螺

旋入焚毁的屋舍余烬里凫陷和地面晦暗的裂口；巨熊的脚印

引领鹿群走出隧道，踏入地窖……

踏入阁楼上的花房，那里，南极的甜美柑橘结实累累……仿
　　佛黑色猛犸，

一个沉默无辜的灵魂正在飘升，如卡车上的

云梯，升入绯红砖块，黑木料和金棕色泥土修造的百层

钟楼。尘埃与泥沫

遮掩城市黝暗的窗口……让一个新生的清晨萌发，

让新的一天涌入一个新的夜晚……涌入致命的求助呼号……
　　让新的一天

用暗光拂照黑雪的

景致，而黑雪如鹧鸪以洪亮鸣音擦亮天空，

吁请新的黑光与新的黑色早晨……从四面八方，他们正涌
    来，先知，侏儒，和

处子，他们正变身为纵欲于盛筵的

女仆，和死亡的驯顺长工……无处不暗涌惶恐的躁动，处
    子们

与黑魔达成缄默的协约；魔鬼以圆活的尖蹄与扭曲的尾部

黄油般滑腻的皮肤，谀媚这最后的审判之前的

畏与骇……在地中海，吉尔吉斯斯坦，和

阿拉斯加的午夜，它欲揭晓最后的光阴与最后的分秒；

如同墙垣的匍匐植物，从地底

飞升出最后的鸟类，预示

黑羊群，午夜猫头鹰和温顺的鹌鹑的到来，它们将飞入地下
　　洞穴里

被围墙和塔封堵的卧室甬道
与无尽延伸的玄关。
就这样，一瞬间，它们将悉数变身成矿泥状的罕物……蛰
　　伏于

岛丘上的蓝溶洞与
隧道之内。壕沟里，隘路上，牡鹿和牝鹿醒来，
从生苔的光斑与巨石裂缝，纵身腾入晨曦……

大洋的堑壕与盆地里，鲸群苏醒，
在它们投向南方的目光中，山林木屋喷出烈焰，
忽明忽暗如在乳脂泡沫中生灭的

烛芯，如巨大的火刑柱漠然
冷却……万物须臾间旋舞着消逝，将一个个魂灵托举至
午夜的火车，疾速地溶解黧黑的云层，溶解

那即将醒悟的离群独行的生灵唇上和足下饴糖般的

泡沫，他们正跟随梦枕轻托的夜莺和敲叩着飞船的鸽子，

　　游入

一座教堂⋯⋯再一次，先知们关于永恒喜乐的允诺和预言

兑现⋯⋯一个又一个日子的缁素

变白又变黑，再次返回从前的荣光，从前的火舌，

从前的语言⋯⋯它们将再次敷设⋯⋯不可返航的远征。

关于安德烈·梅德维德近期的诗歌

[斯洛文尼亚] 叶尔卡·科尔内夫·施特兰恩 (Jelka Kernev Štrajn)

近半个世纪以来，安德烈·梅德维德一直在斯洛文尼亚的诗歌舞台上扮演着一个重要角色。不惟于此，从许多方面而言，他的诗歌创作已自成为一种现象；最先就此诗歌现象进行过较为详尽诠释的，是斯洛文尼亚哲学家塔拉斯·科尔姆诺埃 (Teras Dermnauer，1930—2008)；他也是一位文学批评家，斯洛文尼亚现代主义艺术及新前卫艺术运动的理论家和权威批评家。

梅德维德的诗歌首次刊发于 1970 年代。他在 1980 年代持续发表的诗作大部分秉承一种"黑暗现代主义"风格，引入了一种来自于彼时期艺术批评的音调。1990 年代，他的诗集《麋鹿之躯》(1992) 标志着其诗歌文字系统展开了一种转化和变形的进程。这一进程至今仍在持续——我们仍然能够从他晚近出版的诗集中观察得到。这些变化，更准确地说，这些质变，显现于节奏，声音，语词，句法，动机等各个层面。

但一个难题不容回避；读者很快便可明确地认识到，一旦关注这些诗歌，我们就无从援引我们熟稔的其他文学批评写作中诸如"主题"，"动机"等一类关键词。就此而言，我们也许仅能勉为其难地，隐喻地论及梅德维德晚近诗歌中三个较为宽泛的共同区域。一方面，读者可见一些很大程度上与地理和历史名称有关的指称，诸如城镇（《格拉诺姆》，2012），国家（《利比亚》，2010），地区（《地中海》，2009）和大洲（《非洲》，2006）。而另一方面来自诗集本身：书名即包含构词法，以便与个别的文学作品、神话、神话故事素材构成互文关系。此中较早出现的，是诗集《罗马哀歌》(2004)：某种地方精神或风土占据了书名的一域。本书值得单独提及，是因为它预示了一种正在形成的，对于记忆，尤其是对于不再被需要的记忆之辙迹的处理方式，也即，对那些在梅德维德诗中可辨识的常用名称的处理。随诗集《布痕瓦尔德》的出现，这一方式在 2007 年以后尤其变得十分活跃：

> 用名字
> 揭露
> 我的道路上每一处踪迹与神秘。

或者：

> 一个词一声足音扼息，有关那些蚀刻于僻远之地的蹊径；
> 在石头里，与运算减法的追念对话。

> 《罗马哀歌》

几年之内，继名为《木寺》（*Kitera*）的诗集面世，其他数本诗书先后出版；这样，我们才能至少隐喻地论及一批拥有共同特征的地理系列诗歌——一种个人记忆与集体记忆密集的交错并联；或换言之，历史与个人经验的交互作用：在这里，经验，应从这个词汇本身最宽泛的涵义出发去作探寻。此外，我们还须记住，我们涉及的这些诗中，"处所（place）"经常同时也就是"非处所（non-place）"：

> ……虚构的尤物，镶钉的大理石面板铺砌的
>
> 神堂中，时代正破晓，如初生，
>
> 围封孩童与猫爪的游戏和嬉耍的，是楼宇，集市，
>
> 是时钟，
>
> 一日的中途，它正敲响时间的数个千年，
>
> 《格拉诺姆》

恰如前述，在此讨论主题和动机似乎不得要领；而另一方面，缜密地体会诗句字里行间的言外之意，将有助于连贯地揭示出潜隐于背景中的事件。但理解依然会逃逸，而事件无法被把握。我们只知道它在某处，仅以一种端倪呈现其形式，但绝非有形和切实可感的事实。梅德维德的诗篇叙述者并不热衷于为言词之外的现实设立路标。然而情况也并非完全如此。在这位诗人的卷帙浩繁的著作中，一部分作品并不乏看似清晰易辨的主题范畴。例如，诗集《布痕瓦尔德》(2007) 就显现出作者的抒情表达在对史实的介入度上的重大进展，它含蓄地编织文字游戏，以其文本间性（海德格尔，荷尔德林，但丁）和对历史追忆的感召（二战），抓获读者的注意力；而它同时亦可被解读作向纳粹"最终解决方

案"的受难者们的微妙致敬。

题名为《小猫》的诗集依然精细微妙，即便是一种全然不同的方式，极富对话性的契合度亦历历在目。它涉及的同样是死亡，因此也就与作者诸如《死亡的马车夫》(2016) 和《梦的译者》(2010) 等诗集建立起了主题性关联。正如我将要展示的，它与作者最近的三本诗集相关联，其中蕴含的关于无常和瞬态的强烈意识已成为叙述者的核心存在论立场。《小猫 = La chatte》是一篇写给一只真实存在的小猫的洋溢着关爱的别致颂词，这只猫在诗人身边度过了它漫长而神秘的一生。漫长岁月里，诗人和猫之间，也即，在人类与非人类动物之间，逐渐形成了一种复杂的关联；弗吉尼亚·伍尔芙历久弥新的措辞似乎曾最富想象力地定义过这种关联："如此紧密无间地结合，又如此为鸿沟阻隔。"（《海浪》1933）诗篇作者叙述的是，我们能够轻易地与一只动物形成最强烈的共生关系，但我们从来不可能真正理解一只动物神秘的他性，遑论其死亡之谜。尽管整本诗集试图以精微的抒情为诗人曾感受到的最亲密情感赋予诗意，但当他不得不向他的猫道别时，文字中流露的是一种冷静的专注。它将真实动物的主体性处理成一个他者的主体性（"你看见它，那我正从相反方向看着的"）。以这种方式，他避重就轻地处理了所有与猫的陪伴有关的既成观念，而同时又在传达（"我正在思念你……"）：并无任何词语能够填充一只猫的离去所遗留的空洞与苦楚。

悖论的是，秉持此觉悟的诗人仍继续转身求助于字词，持续地与曾由文学批评史确立的语言的限度争辩。他的写作准确地厕身于殊难控制的写作欲望与诗学反思的边界。一个不得不提出的问题是，这种欲望，其本初的家园何在？必须假定，存在一个比无意识更深的层面，不欲主动保留的记忆的踪迹在那里聚集。断断续续地，这种记忆通过大量对某些事物的引喻，喷涌而出；而它同时又反复自证，它是无法被捕捉或被描绘的。

进入梅德维德的诗歌显然并非易事，一旦我们——受众——被过深地嵌入日常生活话语的坚固逻辑，后者将妨碍我们全然降服于其多元复合的意象构造，及叙述者几欲冲淹我们的语词的巨流。

> 紫雨滴渗入嘴，颈，头的
>
> 裂缝，漏入树冠和林中空地
>
> 沁入飞掠的幻念……
>
> 《紫雨》

这些诗句无意以雨，沙或麦粒的方式渗入读者的意识。它们不难被辨认，但它们殊难被重复；尽管它们仍会留下某种无法泯灭的殊异辙迹。

2007 年对于诗人来说是颇富意义的一年。这不仅仅是因为《布痕瓦尔德》，《空间界面》和《牧歌》等三本诗集相继出版，也因为斯洛文尼亚最重要的出版社，姆拉丁斯卡书业（Mladinska knjiga），出版了一本体量极大的梅德维德诗选集，《迷宫中的光线》。自此，直至 2014 年，几乎每一年都有梅德维德的新诗集面世（《嗓音》，《紫雨》，《梦的译者》，《从星簇到荆棘》，《涌入唇舌》，《进入暴风雨》等等）。2014 年，诗人自己创立的出版社发行了多达五本新诗集：《一千＋一夜》，《仙境中的埃利斯》，《羽》，《日轮上的泪滴和黄金》，《头颅燃烧的女孩》，与《世界之轴》。这五本诗集同具一个特征，诗歌的篇幅发生了变化：从诗人早前诗作常见的十行或十行以上的长度，转变成主要以三行为一诗节；每一页的留白也成为接力抒情要旨的传达的重要部分。这种敞开的空间迹象可以被理解为命名活动被让与给了异质性。相较于独个的意象和隐喻，这种诗歌写作更留意于语言的动力学；当言说方式被视为一种并非拘囿于人类的宇宙现象之时，语言便仅仅被处理成言语方式的某个版本而已。

诗人笔下意象与隐喻交替，通常由介词"在……之内"，与连词"当……之时"引入，构成一种源源不断地起伏消涨的印象，有时甚至推引一种二者相互取代的印象。但是，意象与隐喻又各自留下了一道踪迹，推动作者向前，继续重塑一系列弥新的意象结构；读者同时也被引导着正向和逆向地瞻望与回溯……朝向一种弥新的再度阅读活动。以此方式，被写下的文字与被读取的内容这二者之间，形成了一种关联——意义的澄清和感觉的认证并不被着意寻求，重点是在所有参与对象内部唤醒一种对"更多"的欲望。倘若我们能选取某种特定的距离，这种发生的关联将使得我们能观察到一种特殊的诗学符号的形成，它拓深了语词和对象客体之间的分隔，与此同时却又试图超越其内在分界。这样，语言保存了它自身一种在实际生活实践中执意持续地失踪的经验元素；这一理念有赖于不去对当下和过去作区分，二者都延伸到一种不确定的未来，一种惟有想象力和游戏才可触及的未来。而游戏——尤其涉及到文学艺术游戏——为人所知的是，它暗示的不惟是"词语的癫狂舞蹈"，却还有规则，反思，及与这类诗歌实践的悬而未决的"不可判定性"有关的风险。诗歌为一些行动和状态构造了框架，一方面，它们是"无处（无名之地）"，"从来未曾"，和"无论何处都永不会（发生或存在）"；另一方面，这一"不得其所"，恰恰就在我们眼前。在持续被创造的进程中，相互接续的诗句意象系列提示了一种解体正在逐渐发生：

> 脸
> 是封蜡，它流入
> 旋转，流入天际空间的临界，熔岩，
> 符号，继续流入分界点的时延到来……
>
> 《紫雨》

阅读这种书写，读者能归因的意义越稀薄，他们倾注的注意力也就更强烈。

> 当梦已逝去而
> 清晨，立誓将自不服从中升起，摧毁
> 墙身，散落年轮的峭岩碎块
> 并安然无恙地找到一个意义空缺的方位
>
> 《紫雨》

这也许就是意义的角色为何会被某种视野充溢的原因，它带领我们抵达可感知物的临界，但从不逾越之。因此，每首诗（或诗节）结尾的诗句，从来不会妨碍下一首诗（或诗节）的起句去重新打开上一首诗（或诗节）。而这仅仅只是使得我们能平静地观察并栖身于梅德维德的"诗意风景"之内的原因之一。这一特征在诗集《格拉诺姆》(2012)中更为鲜明，传统的文学批评有理由称之为情诗集，但显然它并不局限于此。以对神话和个人记忆的交织为背景，它一方面召唤着对于起点的返归，一方面呼应上述背景，讲述着一种基本的爱的经验及其云谲波诡的瞬态无常，同时也是一个人及他的文明的瞬态。

因此，可取的方式是将梅德维德的诗意风景当作一个大型项目；它不可能即刻被完整认知，因为它根源于作者长久以来直至当下的深度诗歌和理论活动。此外，有必要规避那些通常视文学为一种"次级造型系统"的设定，并依此就观念与意象原型来进行既定关联的分析。这将使得我们能够将他的诗文本视作一种在马拉美的文脉中持续再出发，却从未结束的文学追求。一个半世纪以来，诗人们一直都了解，无人能够创造任何一本流畅到完美无瑕的诗之书，只有通过不断地引喻那些事先早已被理解成缺席的事物，它才能够生成。这将导向那些既无可按图索骥的线索，亦无紧密坚固的关联的不同"诗意风景"之间加速度的位移。作为结果之一，由这一诗化的世界所规定的情氛，也是非本质的，难以捉摸的，却又正因此而具有独异的吸附力和约束力。

这并不意味着梅德维德的抒情话语对时间和空间毫无警

觉。恰恰相反，他以一种强大的深谋远虑信赖过去，从而横亘过往与未来，并以某种强力方式将之内在化。与此同时，那些受抒情话语感染的诗歌阅读者几乎完全悬置了他们的时空维度，在一种已为他们铺设了道路的间隙中漂浮，而同时又通过种种被运思的、活跃而持续的转化，在不同情状之间穿越。于繁难之言和沉默之语之间，某种极远和极近距离之间殊异的转换被触发。诞生自这一话语的声音无疑是具有时空维度意识的，若非如此，它将不可能存身于上述语流的顶点。它无中生有地创造出时空维度，但又已将它们的创生平行于一种极为鲜明的自我反思姿态，后者使得它们能够横越这一创生，尤其是当这一声音存身的顶点在不断位移之时。

迄今，抒情意识这一特定的安放与移位，以及必然随之涌现的声音，在《光照》（2017）中得到最为清晰的呈现。这也是该诗集多少更应得到关注的原因。其种种程序工艺也通常在梅德维德的诗歌中有所明示；在这本诗集所呈现的相似性中，空间，时间，以及联结这二者的言语行为，同样也在诗集《紫雨》，《死亡的车夫》，《处子泉》中扩展，延伸，超出了固有的阅读期待；不过，被如此精确定位的流动性，之前并非如此高度清晰。除了其他要素，这也从句法的层面反映出来，如在《光照》的诗歌话语中，最典型的是：从句子中部开始，然后以持续新增的冠词向各个方向发散；而它又并非在一个递阶式的树形结构中生长，而是如同菌丝般水平地、不可预测地生成。在诗歌门户网站 www. poesis. si 的一次线上讨论中，诗人自己曾这样谈及其诗歌的这一特征："实际上我们可以谈谈我的诗歌的菌丝生长，在那些你并不知道词语从何处进入、它究竟指涉那一部分，而它又在你毫无意料的情形下突然再次喷发的那些诗句中……”就此而言，有序列地呈现由前置介词引导的语词构成，起到了重要的作用，而这，也是梅德维德诗歌一个广为人知，常被称道的特质：

> ……以脊髓的
>
> 震颤，以雄鸡唱诵中
>
> 叮当押韵的玻璃器皿锋刃，以无数空中高塔的长度，
>
> 塔身，因镜中替代物荡出的混响……
>
> 《光照》

与诗人早先的诗歌相比，《光照》中的冠词更富异质性；对照作者先前的诗集中可被探测的语义场，它们似乎生发自一个更为遥远的语义域。而这并未削弱整本诗集的内部连贯性。尽管如此，若要恰当而深入地理解《光照》，不妨暂时忽略语言的表征和交流功能，而是试图持续地意识到，这些诗歌文本并非仅仅通过宣示和展演以俟与我们对质；首要地，它们直面我们的方式，是制作，发散，指引，驱策，砍削，以及偶尔对微妙的语词铰合进行一种精简权衡后的减速——这种语词的铰合生发自晦暗不明的“从”（from），又聚合入那同样频频闪现的“入”（in），其踪迹遍布诗集全篇。有待探明的一点是，是什么力量触发了此种进程的推移？是什么因素，使得这些既非被音步，韵脚，亦非被因果

关系驱动，而是在它们自身特有的节奏中呈露的诗句，得以可能创设出一种全然具有制约力的悬念？——马拉美曾写到，诗句同样也是一种悬念的造物——甚至完全不需要任何经验的支撑，因此也就无须展开阐述或决议。正如法国哲学家吉尔·德勒兹表述过的，此时有一种纾力和探测之力在起作用，它从一种不同于需要，不同于力求满足需要的场域发育而来。

这一场域的构造的强度，及其说服力，贮存于每一篇诗歌文本的文学艺术价值的正比例当中。我们可以观察到作为梅德维德诗歌的基本文本策略，所有这一切是如何通过隐喻而发生作用的例子。最为典型地，它由上述的一些介词，和包含了比较意味的连词"如同"（as）等语词以构成表征：

> 如同树身弯曲⋯⋯在暴风雨中⋯⋯
>
> 如同迅鸟的羽翼弯曲着，在
>
> 浸润着暮光的下甲板上一只结满冰的笼中⋯⋯
>
> 你一直这么安静，缄默，仿佛那早早已噤声的草
>
> 甸⋯⋯
>
> 《光照》

至此不妨大致总结一下亚里士多德和他的阐释者们的观点：创造隐喻并不仅仅只是为了关注细节，它要求将指称其他某一物质或事件的命名的涵义，转化成一个具体的事物，并由此得以再次描绘现实。此即如何从相异性中寻求相似性；而相异性，正如保罗·利科的明断，需要被理解为一种

内在于表述的，同一性与差异性之间发生的张力——这一张力的最重要部分，是动词的存在形式，它可能同时意味着"是"和"不是"，但它首先意味着"如同是"。这一"如同是"不偏不倚地预估了：我们在隐喻性地转化中所处理的，是一个明喻，总是有两个观念同时在工作，而这是一个寻求闭合裂隙的过程——那存在于我们正在命名的事物，和我们借以命名的某一其他事物之间的裂隙。这听起来十分简单，但一旦我们考虑到控制着当下话语空间的理论信念，这却将变得颇为复杂，因为后者正在废黜存在于文字及表意功能和现代文学中的隐喻方法的极端复杂性之间的相异性。因此，我们也就不难发现种种例证——极度深入的阅读使得我们能够区分哪一句段是比较性的，哪一句段是被用来比较的。

> 如同从一支飞驰的箭矢上蒸发的思绪……如同
> 袭自北方的寒冰，融蚀，熔化如……
>
> 《光照》

但这仍非决定性的。至关重要的是，梅德维德的诗意言说废止了存在于文字涵义和具象意味之间的差异。也只有此时，我们才能将它理解为某一类型的归附于其自身的变异，以便它能从其他方面传达出对强度的不同状态的重现，"从"（from）某事物"到"（to）某事物或"朝向"（onto）某事物并"如同"（as）或"仿佛"（like）某事物；只有以此方式，才可能接近被德勒兹与迦塔利称作的"在语词的扇面上不同情状的布阵"。这是唯一打开语词的方式，朝向其"密集地对标识予以取消的本性"打开，从而中止其对陈述的主题和陈述主体的双重黏附，制造一种不同变体或密集意象不间断的涡流的连续统一体，以致节奏的内在均衡崩解，并又重新得以建立；并将某一特定的被描述的情状转化为另一情状，从而同时在述说意识和阅读感知这两个层面触发转化性的效力。所有这一切俱以一种特定的隐喻设置或文本策略为基础，在这一层面，我们得以进入德勒兹，迦塔利，卡夫卡对变形进行命名的话语活动。

论及至此，一个问题也就油然而生：如果我们将诗歌作为语词的艺术来谈论，为什么一定会需要引入"变形"呢？为什么不局限于专注地谈论通用的转义和修辞格？尝试对这一问题作答，将触及梅德维德 2000 年以后所有诗作的要害：诗歌与语内现实和语外现实之间的关系，诗歌与抒情状态和虚构状态及其本体性状态之间的关系。尽管呈现出的是片断状态，这些诗歌中语词的炽烈流动映射了数个世纪以来的人类学，动物学，植物学，地质学，历史学，神话学与宇宙论的认知。所有这一切表达之所以具有可能性，恰恰是经由变形；它们宿命地与包括明喻在内的形形色色的隐喻紧密相联，却又是作为它们的畸变而运作的。但值得注意的是，"变形"，这个也许令本文读者感到惊奇甚或不安的用语，并非仅仅为了阐述上述的"在语词的扇面上不同情状的布阵"，和某些特定的社会进程；它也意在激发那一充斥着无数魔性生物的古老讽喻传统。最通常的情形下，这是某种形变的结果，藉形变，巨大的不适感与甚至更为强烈的愉悦感之间不可预知的游戏得以被征召入文学话语。如上所述，我们有可能得出一个结论，在梅德维德的体量可观的"动物寓言集"中频频出现的昆虫，尤其是蝴蝶，毋庸应是一种必要的特性，而非一种偶合：

> 一柱街灯里的蝴蝶，在一座
>
> 有照明的屋宇里……它看上去如遐想，如一台粗锦纺纱机，
>
> 它迫使一头被涂白的雄獐的脉搏更猛烈地搏动
>
> ……如同锡镴煅制的剑刃
>
> 锡尖反射一画淡红色的砍劈。
>
> 《光照》

这一视隐喻为变形的认识，是迄今唯一能够取代表征的文本策略的意识，及随之必然采取的一种能够成功地引导读者穿过某类联觉的景观的美学立场，它贯穿着梅德维德的诗歌，无论这一类联觉的景观自何处从其诗作框架之内涌现。

例如，在作者最近数本几乎同时公开发表的诗集《卡尔米德》（2018），《泰勒斯之月》（2019），和《黑暗的暮色地带》（2018）当中，尤其是在《卡尔米德》中，一系列联觉意象呼召着一个充满古物的世界，和我们文明的开端。而这并不只是经由这一直接与柏拉图的同名对话集有关的诗集标题传递的；即便同名的柏拉图对话集中的片断亦在书中被引用，引导我们进入该诗歌文本。诗行与发声者渐渐将我们带回认知之初，理性的演绎推理，教养，各种形式的爱，我们的文化之根，童年，父母，初始的情感活动，还有"光的恒

常活力"。也正是因此，绝非巧合的是，抒情性隐喻包涵了明确无误的实体存在，它们诞生自欧洲文化的摇篮，和形形色色的地点，简洁地要求着人们朝向过去作时间旅行，直面终点：

一个瞬间和时间一道屹立不动，正如

时钟指针曾停留于玻璃做的计时装置，第一日再次来临，当

恐惧不肯逝去，淡蓝的蝴蝶将在国王和处子诞生的时辰停顿于静默里。

但再次，天空的光线，那属于旅者-访客的原始、喜乐的时机涌现，

而他从零点

踏上他的旅程，朝向起点返航……

《卡尔米德》

正如从诗集《泰勒斯之月》和《黑暗的暮色地带》中，我们发现——过去，现在，和将来，是如何沿着悠远绵亘的，发散出不朽之感的欲望之流而被排列和安置的。但这一测定并非完整。在《泰勒斯之月》中，月，将这部诗集置于历史和自然哲学的场域中；古希腊的传统与学问总是将米利都哲人泰勒斯的历险与月相关联，即便无人不知的泰勒斯坠入水井的传说分明不过是一桩轶闻：

如一披银黑帷幕

垂直抛落，愈升愈高，托起

活岩与冻蛙。银之月，

顷刻间夷平深渊边缘的

石阵……而泰勒斯坠入井中，仿佛

一只太阳鸟从午夜的幽暗陨落……

《泰勒斯之月》

而与此同时，月，已被赋予一种无限的诗意象征所具有的诸属性，在进行全方位的呈现；最令人信服的，是它朝向无常，死亡（黑月，深渊），和一种永不穷竭的情欲敞开的姿态——诗集倒数第二部分对此着墨鲜明（"手牵着手……痛苦将退潮……皮肤蹭着皮肤……嗅味振荡"）。这一部分的诗歌，主要由三行押韵诗句段构成，至今仍属斯洛文尼亚当代爱情诗的顶峰之作：

我们做爱，直到夜深……如一对昆虫伴侣……清晨

接着展露魄力……剥去情欲

欢喜快活的尖叫的气力……我的梦中，你用

一双天鹅眼看我，看着一只

年青孔雀的眼……我，看

你……用你自己的眼……

《泰勒斯之月》

阅读这些诗行，读者仍不可能剥除一种印象，也即，诗

人的语言是否曾诞生自迄今仍无法度测的前语言情状的动荡湍流；在那里，观念与语言之间的分离仍有待被物质化。只有当这种原型-动态沉淀，涵义凝固，语言符号方可成形。当它们的涵义开始在文本的织动中物质化，符号就再次在一种新鲜的，多层次的，不可捕获的流动性中苏醒。这样，一段阅读历程以对这些被诗化的临在的实存和情状发出质问的形式而开启；质问的是：在语义，乃至句法发生滞碍时，这些被诗化的临在的可塑性和可移动性的实在性呢？

以同样的方式，驰入《黑暗的暮色地带》的航程也就可被感知为一段强烈的超感官历程——从无中涌现，涌入实质；又从实质归返，遁入无。而重心显然倾向于后者。这也很可能就是为什么诗中出现的一切都沐浴在"黑色太阳"的光照中，尽管每一单独的歌吟同样都充盈着明亮而极富梦幻与神话色彩的意象：

> 我不可能明白，你如何
>
> 在草叶露珠里安睡如羽翼明媚似
>
> 重重花缎沉坠的金鸽……
>
> 《黑暗的暮色地带》

尽管书中还可见与此相似的片段，但毫无疑问，这本诗集整体上是被一种独特的，严峻酷烈的诗意表达所定义的；它一刻不停息地驱使我们与自身的终点对质，而同时，仿佛是不经意地，向我们揭示在我们从无到无的路途上，有多少事物可能突然出现；愕然之余，我们甚至疏于留意到它们。

而诗人，最终却能透过那被我们称为诗歌的，透过那神秘的哑色玻璃镜面，感知到那些突然出现的事物。

参考书目：

吉尔·德勒兹：《差异与重复》

吉尔·德勒兹与菲力克斯·迦塔利：《卡夫卡：通向一种少数文学》

保罗·利科：《活的隐喻》

弗吉尼亚·伍尔芙：《海浪》

安德烈·梅德维德简介

安德烈·梅德维德，1947年生于斯洛文尼亚首都卢布尔雅那，诗人、随笔作家、哲学家、编辑、翻译家和皮兰古城海岸画廊，斯洛文尼亚第二大画廊的艺术总监，博物馆顾问。

完成文法学校的学习后，他进入卢布尔雅那大学哲学系学习哲学、艺术史、比较文学，于1975年毕业于该校哲学和艺术史专业。他的数次学术旅行包括：1972年于维也纳（技术与诗歌）；1980—1981年于罗马（艺术史，新意象绘画）；几次赴巴黎和阿尔勒研究阿尔托、亨利·米肖、乔治·巴塔耶、皮埃尔·克罗索斯基、罗兰·巴特和莫里斯·布朗肖。

早在年轻时代，梅德维德已是Tribuna（《论坛》），Problemi（《问题》）的编辑，及Le Livre Slovene（《斯洛文尼亚语书籍》）的总编。他自1985年担任Edicija Artes（《艺术集》）的编辑，长期关注艺术话语如何从理论上效力于展览政策，及艺术和历史行业。自1999年，他任Edicija Hyperion（《许佩里翁集》）的编辑，该期刊专事发表原创及翻译诗歌和理论。他是斯洛文尼亚"新意象"绘画和雕塑的创立人。1986年，他曾任威尼斯双年展南斯拉夫国家馆策划人。他将德语作者（汉斯·阿尔普、史蒂芬·海姆），法语作者（巴塔耶、米肖、阿尔托），及意大利作者（帕索里尼）的作品译成斯洛文尼亚语。他为多位艺术家，如克拉索夫（Krasove），耶拉亚（Jeraj），贝尔纳德（Bernard），贝吉克（Begic），鲁曼卡迪兹（Numankadic），普雷热耶（Pregelj）父子等撰有艺术专论，并共撰写16篇科学专业论文。自青年时代，他就已开始翻译诗歌，如部分当代德语诗歌、阿尔普、卡夫卡、阿尔托和聂鲁达的作品，以及包括希腊-法国哲学家科斯塔斯·埃克斯罗斯（Kostas Axelos）、海德格尔、罗兰·巴特、霍克海默和欧根·芬克等在内的多位哲学家的作品。多年来他与欧洲哲学家如雅克·德里达、让·吕克·南希等维持着友情与工作关系。

迄今为止，梅德维德已出版九十多本书，包括诗歌集、译诗集，及有关艺术、哲学、美学和诗的各种独立出版物。自2002年他已出版三十二本诗集。他于2002年获得斯洛文尼亚国家最高艺术成就奖，普列舍仁基金奖；于2004、2007、2008年被三度提名斯洛文尼亚作家协会年度诗人奖，延科诗歌奖；于2004、2006、2010年被三度提名斯洛文尼亚年度最佳诗集奖；也被提名角逐不朽奖奖杯（此奖奖掖斯语作者为年轻一代创作的杰出诗歌或诗剧艺术成就）。2013年，因为他在艺术画廊和博物学领域的成就，他获得了Valvasor（瓦尔瓦索，以17世纪著名博物学家之名命名）终身成就奖。

梅德维德在皮兰古城和科佩尔市的海岸画廊任艺术总监长达37年。在他主持的系列艺术项目中，他展示过欧洲前卫艺术和现代派艺术的40位具代表性的艺术家，从画家阿尔普、米罗、塔皮埃斯、奇利达、彭克、巴塞利兹、伊门多夫、吕佩尔兹、到摄影家曼·雷、罗伯特·梅普尔索普、也包括阿尔托、米肖和克罗索斯基。多年来他与世界，尤其是欧洲各地艺术家和画廊广泛合作。他的博士论文论及萨德、尼采、拉康、反拉康和反齐泽克。

梅德维德是一位多才多艺的创作者，他的影响力延伸至文学、理论、艺术文化领域的发展，和持续被创造的卓越当中。

梁俪真整理

图书在版编目(CIP)数据

梦的译者/(斯洛文)安德烈·梅德维德著；
梁俪真译. --上海：华东师范大学出版社，2020
ISBN 978-7-5760-0513-4

Ⅰ.①梦… Ⅱ.①安… ②梁… Ⅲ.①诗集—
斯洛文尼亚—现代 Ⅳ.①I555.425

中国版本图书馆 CIP 数据核字(2020)第 094832 号

华东师范大学出版社六点分社

企划人 倪为国

The Interpreter of Dreams
by Andrej Medved
Copyright © Andrej Medved
The translation is published with the support of the Slovenian Book Agency.
Simplified Chinese Translation Copyright © 2020 by East China Normal University Press Ltd
上海市版权局著作权合同登记　　图字：09 - 2020 - 460 号

梦的译者

著　　　者　[斯洛文尼亚]安德烈·梅德维德
译　　　者　梁俪真
责任编辑　倪为国　古　冈
责任校对　王寅军
封面设计　夏艺堂

出版发行　华东师范大学出版社
社　　址　上海市中山北路 3663 号　邮编　200062
网　　址　www. ecnupress. com. cn
电　　话　021 - 60821666　行政传真　021 - 62572105
客服电话　021 - 62865537　门市(邮购)电话　021 - 62869887
地　　址　上海市中山北路 3663 号华东师范大学校内先锋路口
网　　店　http://hdsdcbs. tmall. com

印　刷　者　上海盛隆印务有限公司
开　　本　890 ×1240　1/32
插　　页　1
印　　张　6.5
字　　数　130 千字
版　　次　2020 年 9 月第 1 版
印　　次　2020 年 9 月第 1 次
书　　号　ISBN 978-7-5760-0513-4
定　　价　68.00 元

出　版　人　王　焰